我愛綠蠵龜

姜子安 著 ■ 陳祥元 圖

主要人物介紹

阿敏（黃世敏）：

聰明、多話、愛表現的現代都市小孩，在國小五年級寒假，因為父親的工作改變，而搬到澎湖縣望安鄉，意外結交了好朋友阿斌。

黃爸爸（黃和善）：

由於產業外移，黃爸爸服務的電子工廠移到了大陸，他不想去大陸，也厭倦了都市生活，透過當兵時的好朋友張伯伯的協助，決定到望安從事旅遊服務的工作。

黃媽媽：

大學外文系畢業的都市小姐，結婚後在家照顧孩子，把所有的希望都寄託在兒子阿敏身上。

阿斌：

內向、害羞的離島男孩，唯一的喜好就是觀察綠蠵龜。他是阿敏搬到望安島之後，第一個結交到的朋友，兩人的個性天差地別，卻因緣際會湊在一起，由陌生而產生誤會，由誤會而了解彼此，成為好朋友。

綠蠵龜：

海龜的一種。早年，綠蠵龜在臺灣西部沙岸偶爾可見，但因大環境的改變，對於產卵棲息地的生態要求嚴苛又感覺敏銳的牠們，消失蹤影好些年。1990年，澎湖縣望安島出現綠蠵龜重新洄游上岸產卵後，引起學界研究及環保人士的注意，1994年，第一隻背著衛星追蹤器的「望安一號」出發後，一直到1997年，歷經三千多公里長征的「望安一號」又重回望安島產卵。接著，陸陸續續有更多的綠蠵龜回來產卵了。從此，望安島也就有了「綠蠵龜的故鄉」的美稱。

張伯伯：

阿斌的父親，是一個熱誠待人、工作賣力的中年男人，和黃爸爸是當兵時的好朋友。阿敏一家人搬到望安島之後，生活上的大小事，都是靠他的幫忙。

目錄
CONTENTS

1. 一分之爭 ⋯⋯⋯⋯⋯ 7

2. 飛往寂寞島嶼 ⋯⋯⋯ 23

3. 美麗的新家 ⋯⋯⋯⋯ 33

4. 阿斌的微笑 ⋯⋯⋯⋯ 49

5. 深奧難懂的謎 ⋯⋯⋯ 61

6. 會心的友誼 ⋯⋯⋯⋯ 73

7. 暑假來了 ⋯⋯⋯⋯⋯ 85

8. 海龜產卵 103

9. 祖母來訪 123

10. 升上六年級 133

11. 你一定要回來哦 145

12. 流落人間的綠蠵龜 157

13. 我愛綠蠵龜 169

學習單 / 康軒企劃 185

一分之爭

年初五，寒流來襲，到處都溼答答的，教人懶得下床。要不是昨天夜裡貪嘴多喝了兩杯可樂，膀胱憋尿憋得緊，我肯定是不會在這鬼天氣的大清晨裡，離開溫暖的被窩。

　　原先，打算尿完了繼續做我未完成的大夢。哪知，耳朵尖得比貓還靈敏的媽媽，聽到馬桶沖水聲，立刻打開房門，把頭探出來。

　　「阿敏，今天不是二月十五日嗎？別忘了要回學校拿成績單。」

　　「喔！知道了。」

　　走回房去，我把自己塞進溫熱的羊毛被中。誰管他返校日拿成績單呀？開學再拿不也一樣？這種

冷颼颼的日子，最適合爬枕頭山了。

「咦！都快七點半了，怎麼還賴在床上，趕快起來，去晚了少不了挨老師一頓罵，快點啦！」

媽媽毫不留情的掀起我的被子，冷得我直打哆嗦，不得不起身換校服。她就是這樣想不開，遲到又怎樣？沒去返校拿成績單也不會死，頂多被梁老罵兩句就是了。

大人都是愛面子的吧！我邊刷牙邊這樣想著。自從去年十月第一次段考那件「一分風波」之後，媽媽似乎就特別注意我在學校的表現，彷彿我稍微疏忽一下，出個錯被老師逮到，就漏了她的氣，丟光她的臉似的。

其實，那件事我覺得沒什麼，真搞不懂梁老和媽媽為什麼竟然會為那一分鬥上了，害我從此在學

校戰戰兢兢的，成天擔心被梁老抓到把柄告狀，回家得吃上媽媽幾天的衛生眼珠，連帶的，幾天電視也沒得看，那才要命。

說來，也該怪我懶，如果發第一次段考國語考卷那天，認真檢查考卷，向梁老要回被扣錯的一分，就天下太平沒事了。也不至於回家被媽媽發現考卷改錯，逼著我去向梁老要回一分。梁老可真小氣，一分不給就算了，何必在考卷上大剌剌的寫著：「訂正分數期限已過，有塗改之嫌。」逼得媽媽氣得直跳腳，第二天跑到學校找梁老理論。

「我要爭的不只是那一分，而是正義、公道嘛！對就是對，錯就是錯，孩子寫對了就不該扣人家的分數，幹嘛在考卷上寫『有塗改之嫌』，簡直是看不起人！」

媽媽在教務處舞著我那張七十八分的國語考卷時，我窘得恨不得找個地洞鑽進去，或是當場死掉算了。後來，主任問我有沒有訂正過考卷，我難過得說不出話來，只是一股腦兒猛搖頭。搖頭間，我瞥見梁老鐵青著臉瞪我。

　　媽媽成功的要回我那一分，我卻覺得上學的樂趣減少了許多。社會課時，舉著手老半天，梁老就是不點我發表，自顧自的講到下課；早自修的功課到第一節下課沒有完成，就被訓了一頓；聯絡簿忘了帶，最輕的懲罰是站教室一天。老實說，有時候聯絡簿是故意忘了帶的。再笨的人也都知道，被罰站一天，總比被禁看電視好得多。我可不會呆到天天帶聯絡簿去讓梁老寫我的壞話。

　　提著早餐踏進校門時，玄關的時鐘正好指著八

點正。時間算得真準，梁老開晨會去了，我可以避開龍捲風的襲擊。

「阿敏，我還以為你忘了來，你媽說你剛出門，睡過頭了。」一進教室，阿聰就跑到我面前。

「你撥電話到我家了？」

「對呀！梁老說你八成還在周公那兒下棋，要我去把你叫回來。哈哈哈！」

我座位旁邊的一群人，包括曉嵐、子翔他們，都笑得直不了腰，好像我是個馬戲團跑出來的小丑似的。

雖然不喜歡被取笑的感覺，但是，看到同學們我還是很開心。寒假在家憋了十幾天，白天和媽媽大眼瞪小眼，晚上爸爸回來，吃過飯自己就鑽進書房打電腦，單調的生活快把我給無聊死了。

書架上的《牛頓》、《少年百科全書》都快

被我翻爛了，就連媽媽的《素食家常菜食譜》我也做過深入研究，素菜要可口，花生油爆炒、甘草水添味、胡椒粉增香，是不可少的三大要件。這些研究心得，我可不會告訴同學，免得被阿聰那些兄弟們笑我娘娘腔，男孩子的本事都不會，專研究女孩子的事兒。

阿聰在寒假剛開始那幾天，幾乎每天打電話約我，騎腳踏車、打棒球、打籃球、租漫畫、玩電腦……每一次的活動，我都喜歡，但媽媽總是一概以「阿敏他很忙，沒空玩這些東西。」拒絕阿聰的邀約，碰了幾次釘子後，阿聰便不找我玩了。

「你知道外面有多少壞人嗎？媽媽就你這個孩

子，可不希望你被綁架了。」每回放下電話，媽媽總是振振有詞的辯白。

我想，天底下的獨生子，大概是前輩子被判無期徒刑的罪人來投胎轉世的，這輩子才要繼續承受這種被監禁的折磨。

阿聰和子翔一唱一和的向大夥兒們報告，除夕前二天到鄰近社教館夜遊探險的經歷：

「十幾頂帳篷圍著營火搭建。那營火竄得有一層樓高，一些念高中的大哥哥、大姊姊們在晚會中唱歌、跳舞，我們兩人就躲在樹後面，偷偷的看他們晚會的進行。真是精采極了！我們還看到一對男女……」子翔說到這兒，突然停頓了下來賣關子。

15

「一對男女怎樣？趕快說！」曉嵐和我著急的催促著。

「一對男女，他們當眾在——」子翔和阿聰的話剛說一半，班長就打斷了他們的精采轉播：

「老師來了，大家回座位坐好。」

梁老今天穿了件咖啡色皮衣，挺帥氣的，可能是心情好吧？或是天氣太冷了，不敢罵人，怕喪失太多熱量。發完成績單不久，就放學了。

回家路隊行進中，阿聰一直邀我去他家玩電腦遊戲「三國演義」，雖然我很想去他家玩，但是，我更急著回家把成績單交給媽媽。她看了我的成績單一定會很高興的。

「見聞廣博！」

這是一句多麼中肯的評語，可見梁老還是很賞

識我的。媽媽不應該老是以小人之心度君子之腹，經常對爸爸抱怨，說老師對我偏見特別多。

回到家，爸爸竟然也在家。更難得的是，他沒在書房打電腦，好端端坐在沙發上看報紙的廣告。

「爸，看我的成績單！」

我獻寶似的捧上成績單，爸爸接過去，面無表情的由上往下瀏覽。

「還不錯吧？」我等待爸爸看完後的讚許。

「哈！哈！」爸爸看完成績單的最後一欄文字，噗哧一聲的笑了出來，摸摸我的頭。拾起報紙，繼續看。

「什麼事？這麼好笑。」媽媽由廚房走出來。

「媽，看我的成績單！還不錯喔！」

「哦？」媽媽半信半疑的接過我手中的紙張。

我在一旁靜待媽媽激情的演出。她常說自己是

個情緒外張的正常人，才不屑像爸爸那樣內斂，不敢愛也不敢恨。

看完成績單，她一定抱著我又親又笑的，和我高興成一團。然後得意的說：

「我就知道我兒子真不賴！」

這是經驗法則，百試不爽。

但是，這一次我猜錯了。

媽媽把看完的成績單，摔到爸爸的報紙堆中，嚇了爸爸一跳，我也莫名其妙。

「你還說我多心，白紙黑字寫得清清楚楚，『廢話太多』，這不是對我們阿敏有成見是什麼？」

「你有沒有看見前面那句『見聞廣博』？人家老師是就事論事，我也覺得我們家阿敏話是多了一些。」

爸爸把我的成績單遞回給媽媽看清楚。媽媽看也不看，就甩到茶几上。

「我兒子成天看書，當然見聞廣博！說他廢話太多，就未免太過分了。他什麼時候說過廢話來著？」

「你說老師對阿敏有成見，我看，你才真的對老師有成見。」

「你這個人很奇怪吔！分明是老師的問題，怎麼說到我頭上來了？」

媽媽扠起腰來，好像準備要和爸爸好好「講理」一番，我撿起被甩下的成績單，趕緊溜回房間。

什麼見聞廣博？什麼廢話太多？大人們總是要找一些藉口來吵架，好像不吵架日子就過不下去似的。尤其是最近這一陣子，爸媽常關在房裡拌嘴，問媽媽，為什麼要和爸爸吵架，她也只是說：

「我們在討論重要的大事，意見不同，所以聲

音大了些。」

　　真是掃興，早知道就到阿聰家玩「三國演義」了。

　　扭開檯燈仔細看成績單，國語甲、數學甲、社會甲、自然、美勞……出席日數九十九天、身高一百三十七公分、體重二十五公斤、視力左零點一、右零點一，導師評語：見聞廣博。咦！見聞廣博下面還有一行字：「廢話太多」。

　　原來，爸媽就為了「見聞廣博，廢話太多」在爭執。梁老真厲害，簡單八個字就可以挑起一個女人和男人的戰爭。

　　真該怪我糊塗，高興過了頭，沒把成績單看清楚就繳了出去。如果我事先看到「廢話太多」，用立可白塗掉不就沒事了嗎？唉！現在懊惱這個已經無法挽回的事實，根本是無濟於事。

飛往
寂寞島嶼

爸媽為了我的成績單吵架的隔天，爸爸去了趟澎湖。一個星期後，爸爸回來了，帶著我愛吃的黑糖糕。

　　「你愛吃黑糖糕，乾脆我們搬到澎湖好不好？」

　　在回家的路上，爸爸邊駕車，邊問我。

　　「好啊！喔——不——不——」

　　我點點頭，又搖搖頭。

　　見利忘義是小人的行為，我怎麼可以「重食輕友」呢？黑糖糕雖然好吃，阿聰、子翔、曉嵐這些好朋友，我可也不能拋棄他們。

　　爸爸過完年後，一直沒上班。媽媽說，爸爸在

籌備一件重要的大事。

　什麼大事呢？這麼神祕！

　「時候到了自然會告訴你。」

　媽媽很篤定的回我。

無聊的寒假終於結束了。

　　每天上學、放學，我又忙得不可開交。尤其是社會課時，我感到最興奮，前一晚我都先預習，查資料到十二點多。梁老好像已經對我解除禁令了，課堂上偶爾會讓我起來發表。把自己的研究說給大家聽，實在是一件很過癮的事。有天在課堂上，梁老還誇我：

　　「世敏見聞廣博，真是個小博士！」

　　從此，「小博士」這個頭銜就跟著我到處跑，我感覺到，走起路來都有風。

　　這一切都要感謝阿聰！如果不是阿聰把我的成績單回條拿給他的小叔叔簽「謝謝老師辛苦的教導！黃和

善」，恐怕我現在還沒有好日子過喔！

不是我故意要偽造文書，爸媽兩人互踢皮球，不肯在家長意見欄上簽字，梁老又催得緊，我只好出此下策，要阿聰幫我這個忙啦！原先，我只是要阿聰的小叔叔幫忙簽爸爸的名字「黃和善」而已，哪想到阿聰的小叔叔自作聰明，再加上一句：「謝謝老師辛苦的教導！」

「我小叔說，這叫作『送佛就要送上西天』，好人做到底嘛！」

看到那一行歪七扭八的草書，我嚇得要死，爸媽的簽名向來工工整整的，必定立刻被梁老識破詭計。我抱著視死如歸的心情把成績單放在梁老桌上，沒想到梁老看了看成績單的簽字，只說聲：

「好，可以。」

由這次的成績單事件，我發現一個道理：凡事

抱著「破釜沉舟」的必死決心去做，一定可以否極泰來。

　　一天，當我帶著「黃博士」的榮耀回家時，赫然發現一個長髮披肩的美麗阿姨，帶著一個綁辮子的小女生坐在我們家的咖啡色沙發上。爸爸媽媽坐在長髮阿姨的對面。

　　「這位就是你的獨生子？」

　　長髮阿姨不等媽媽的回話，立刻轉向綁辮子的小女生說：

　　「妹妹，以後你就要住這個大哥哥的房間，要像大哥哥一樣，把房間整理得乾乾淨淨喔！」

　　住我的房間？有沒有搞錯呀？雞兔同籠？

　　「來，這是陳阿姨。快叫『阿姨好』！」

　　爸爸沒有發現我詫異的表情，拉著我打招呼。

陳阿姨在打過招呼後，隨即背起皮包起身告辭，走到門口，還回過頭來對著送客的爸媽叮嚀：

「就這樣說定，三天後交尾款，我就住進來了。」

「媽！陳阿姨是誰呀？她三天後為什麼要住進我們家？」

我丈二金剛摸不著頭腦。

「嘎！妳還沒告訴阿敏？」

爸爸睜大了眼睛望著媽媽，那樣子，彷彿比我的莫名其妙還莫名其妙。

「我看他最近上學都快快樂樂的，怕影響他在學校上課的心情，所以一直沒提起。」

媽媽囁嚅的說。

「時間差不多了，該告訴他事情了。」

爸爸說完，就出門辦事去了。

「阿敏，來！坐在媽媽旁邊。」

媽媽拉著我坐在陳阿姨剛才坐的位子上，告訴我一切的事情。

原來，爸爸工作了十五年的電子公司，已經在春節過後，遷廠到中國大陸。也就是說：爸爸失業啦！所以，為了一家三口的生活問題，爸爸前一陣子到澎湖走一趟，他在澎湖的老朋友幫爸爸找了一份差事。房子已經賣給陳阿姨了，過幾天我們就要搬到澎湖。

「其實，爸爸在臺灣也有別的工作機會，不過，爸爸很喜歡那裡的風景，而且，我們也覺得換個環境對你可能比較好。」

媽媽咬著下唇，十分堅定的把話題結束。

第二天，郵差先生送來爸爸的朋友寄來的遷居

戶口名簿。第三天，媽媽就到學校為我辦了轉學。

梁老聽說我要轉到澎湖的望安，一雙金魚凸眼差點就由厚鏡片中跳出來。

「人家父母都搶著把孩子送到都市接受教育，你們怎麼反而把孩子帶到離島去？世敏恐怕會不習慣。」

這是我第一次感受到梁老對我的關心。事實上，我真的不願意離開高雄，和爸媽吵了兩天也沒有用，望安那邊的房子都買好了，家具也準備齊全了。

「一切都安排好了，不過去是不行的。」

媽媽好像也感受到梁老的關心，帶著一些悵惘，牽著我離開了學校。

就這樣，我匆匆的離開讀了將近五年的學校，飛往臺灣海峽中的一個寂寞島嶼。

3

美麗的
新家

當小飛機抵達望安的上空時，我知道爸爸的抉擇是正確的。

　　島上一大片的平坦綠草，再加上周圍湛藍的海水，令人立刻感到心曠神怡，世界變得乾淨而美好，這是我在高雄從來沒有過的感覺。

　　媽媽由天空俯瞰到美麗的望安時，也不禁發出了尖叫聲。

　　「阿敏！你看！那海水多麼乾淨！以後，我們可以每天都到沙灘游泳、散步，好棒喔！」

　　說著，她顧不得飛機正在降落的危險，掰開安全帶，高興得摟著我猛親。幸虧我已經很習慣她這種熱情的舉動，換作別人，不被嚇得由椅子上跌下來不可。

爸爸的朋友開了一部八成新的小型巴士來接我們。是張伯伯，我認得他，他曾經在我們家借住過幾天，不過，以前的張伯伯皮膚比較白一點。

「老黃、黃嫂，歡迎你們到望安來！我們望安鄉的居民又多三個人了。哈！哈哈！」

張伯伯邊開車邊拍打著方向盤，十分的興奮。

「老張，這次多虧你的幫忙，工作才能順利的找到。否則，我現在恐怕還在猛瞧報紙的求職欄哩！」

爸爸也顯得很開心。

「哪兒話！好朋友本來就應該要互相幫助。正好我們這兒發展觀光業，需要增添一些人手來協助運輸旅客。旺季時，光靠我們這幾個老司機會累死。」

張伯伯說著，突然回過頭來，對著媽媽問：

「黃嫂！這部車妳還滿意吧？三年車，沒出過

事，還算乾淨！最重要的是價錢公道。」

「嗯！看起來很新，也沒有什麼雜音，你蠻有眼光的。花了你不少時間去找車吧？」

「還好！剛好馬公那裡有司機要歇業，熟朋友介紹的，價錢上應該還算合理。我那部車，當初買時，也是三年中古車，卻比這部車還貴十來萬。」

「老張，這可真要感謝你這貴人的相助，替我們省了一筆錢。」

「哪裡！哪裡！」張伯伯笑著把車駛下公路，停在一棟平房前，對著爸爸說：

「老黃，再加上個麥克風就可以開始載客了。現在下車來看看你們的新家吧！」

我們的新家，倚山面海，景色很美。房子前面有二間教室大的空地，空地再過去，就是細軟的沙

灘。房子是爸爸寒假到澎湖時訂購的。房子裡面的家具，就完全委託張伯伯到馬公採買。

房子裡面很小，扣除一套衛浴設備、一間廚房和一間客廳，就只剩下二個小房間，一間爸媽睡，一間我用，之後就沒有別的空間了。

屋內的陳設簡單得近乎簡陋。

我的房間只有三種東西：單人床、書桌和椅子。爸媽的房間除了一張雙人床，也只有一個衣櫥。客廳呢？除了一組木製客人椅外，啥都沒有。我突然覺得很難過，淚水在眼眶中轉呀轉的，就是不敢讓它掉下來。

高雄的家多麼舒服呀！為什麼要賣給別人呢？

「阿敏，我們只有三個人生活，不必太多東西。你看，外面院子多大呀？整個沙灘都是我們的。」

媽媽牽著我的手來到門口，我聽得出，她的聲

音有一些顫抖。

張伯伯把車鑰匙交給爸爸，就回家幫忙農事去了。臨走，他對我說：

「阿敏，明天一早我來帶你去上學，我們家阿斌也讀五年級。我和邱老師很熟。」

邱老師凶不凶呢？同學們會喜歡我這個高雄來的小博士嗎？我轉學了，上社會課還有沒有人替梁老補充內容？阿聰知道我在想念他嗎？對了，忘了問他和子翔，除夕夜前二天的營火晚會中，一對男女當眾在做什麼？

回想著過去的事，擔心著未來的事，我竟然失眠了！直到窗外透著魚肚白的微光，我才昏昏睡去。睡夢中，海浪拍打沙灘的濤音，以固定的頻率，一陣陣向我湧來。

張伯伯陪我到學校時，已經九點了。辦完轉學手續，張伯伯領我到五年級的教室上課。站在走廊，望著室內稀疏的小朋友，我心裡好失望！

　　一、二、三、四、五、六、七、八、九。把我算進去，也只有十個學生。十個小朋友，能玩什麼好玩的遊戲呢？我不禁起了疑惑。才這樣想著，就已經踏進了教室。

　　「邱老師，這是我朋友的孩子，叫黃世敏，剛從高雄轉來的，請老師多照顧。」

　　張伯伯對老師畢恭畢敬的說著話，眼睛卻偷偷瞄向教室的學生。

　　「高雄轉來的？你很有深度喔！」老師看著我的鏡片，微笑的拉起我的手，對張伯伯說：

　　「既然是你朋友的孩子，就讓他試著坐阿斌旁邊好了！」

「謝謝老師！謝謝老師！」張伯伯喜出望外，不斷向老師敬禮，邊走還邊囑咐我說：

「阿敏，放學後和阿斌一起到校門口等我，別亂跑喔！」

教室裡只有五張課桌，第一列二張桌子，坐了四個女生；第二列也是二張分開的課桌，坐了四個黝黑的男生；第三列只有一張桌子，坐了一個長臉大耳的瘦削男生。邱老師指著瘦削男生旁邊的空位，說：

「你就坐在張文斌的旁邊好了。」

我拉開椅子坐下，旁邊的瘦削男生轉過頭來，基於禮貌，我立刻給他一個微笑，小聲說：

「嗨！很高興能和你一起坐，我是從高雄──」

我的話才說一半，旁邊的瘦削男

生接觸到我的眼光，立刻轉回頭去，潑了我一桶冷水。我呆在那裡，話還沒說完，要停下來也不是，要繼續接著講又怪怪的。幸好這時候邱老師叫我上講臺去做自我介紹，才解除了我的尷尬。

也許是受到旁邊那個瘦削男生的影響吧！我的自我介紹五分鐘不到就結束了。昨晚媽媽和我一起擬的稿，內容大約有二十分鐘長度。真是人算不如天算，花了一個晚上背的自我介紹，竟然被陌生同學的冷漠態度搞得興致全無，說得七零八落。

不過，邱老師卻對我的演說讚許有加，末了，還加上兩句：

「黃世敏同學出口成章，口才很好，以後我們課堂上要請黃同學多多發表，增廣同學的見聞。」

如果我是匹千里馬，那麼，短髮的邱老師一定是伯樂了！

3 美麗的新家

轉學的第一天，我就立刻愛上了這個新學校。

下午四點半，張伯伯準時到校門口接我。

「阿敏！以後你放學就和我們家阿斌一起走路回家，知道嗎？」說著，張伯伯朝站在傳達室門口的瘦削男生招手：

「阿斌，你過來！」

嘎！坐在我旁邊的瘦削男生，原來是張伯伯的兒子。

「阿斌，爸爸跟你說，爸爸媽媽在家工作很忙，以後你就和這個新同學一起回家，自己用走的，身體才會健康，知道嗎？你已經長大了，不能老是要爸媽陪你上下學，知道嗎？阿敏他們家就住在海龜下蛋的那個沙灘前面，距離我們家沒幾步路，五分鐘就到了，你明天就去阿敏家找他一起去上學，知道嗎？」

張伯伯講得很急切，一連串的「知道嗎」聽得我頭都大了，他的兒子卻沒有任何回答，木然的表情，就和今天在學校時一模一樣。

　　張伯伯好像已經很習慣了，對於阿斌的毫無反應，他一點也不生氣，接著對我說：

　　「阿敏啊！我們家阿斌從小身體就不好，所以不大講話，你以後要多和他講話，他才會和你說話，知道嗎？」

　　「我知道。」

　　「他的頭腦反應比較慢，以後在功課方面，你要多教他，知道嗎？」

　　「好，我知道。」

　　「還有，阿斌的字較亂，聯絡簿抄回來，我和阿斌的媽媽經常看不懂。以後老師如果有交代要繳錢，或是要帶什麼特別的東西上學，你要主動告訴

我，知道嗎？」

「知道。」

「對了！另外還有一件事要拜託你，如果學校小朋友欺負阿斌，你一定要告訴老師，或者和我說，知道嗎？」

「知道。」

阿斌逕自上了張伯伯載客用的小型巴士，看著車窗外的景色，對於我們的談話，一點反應也沒有，好像談的事情，和他沒有任何關係。不過，話說回來，如果我是阿斌，成天被這麼多話的爸爸嘮叨，恐怕也會變得和他一樣，連「知道！」兩個字都懶得回了。

大人真奇怪，對自己的孩子好像都有毛病挑，永遠不滿意。我只不過偶爾找爸爸談論《牛頓》雜誌上的內容，他就嫌我話太多，告訴我「沉默是

3 美麗的新家

金」；而阿斌安安靜靜的，一點都不吵人煩人，張伯伯卻又緊張兮兮的要我幫忙，讓阿斌開口講話。

第二天一大早，清晨七點不到，我還躲在被窩裡睡大頭覺，阿斌就由他媽媽牽著手，到我們家來了。

張媽媽比媽媽年紀大一些，一頭捲髮和雞窩差不多，不過，由她高挺的鼻樑、深痕的雙眼皮可以知道，她年輕時一定是個美麗的女人。晨曦中的張媽媽，臉上有一抹淡淡的哀愁。

來不及吃早餐，從爸媽房間的抽屜拿了五十元，我就和阿斌一起走路上學了。

昨天張伯伯載我上下學，只要幾分鐘車程，今天走起來整整要花上半個鐘頭。更慘的是，沿途除了幾戶人家之外，剩下的就只有遍野的青草，根本找不到早餐店。走到學校時，燦亮的太陽已經掛在校門口那棵不知名的樹上，我也餓得兩眼昏花了。

一路上，阿斌自走自的，根本不搭理我的問話，碰了幾次軟釘子，我也懶得找話說。直到進了教室，看到其他同學，我才想起自己有一張能言善道的嘴巴。

除了阿斌之外，另外八個同學都對我很好奇，下課時，總是圍在我身旁，詢問著我都市生活的情形，多數的同學最遠只到過馬公，只有坐在我前面的陳大海，曾坐船到過嘉義找姑媽玩；長得最瘦小的那個女生娟娟，她說她從來沒離開過望安。

對於臺灣，他們是多麼感興趣呀！我的嘴巴不停的講講講！透過我認真盡責的描述，他們彷彿張開了智慧的眼睛，看到這個小島外的大千世界。

我想，一定是上帝知道這裡的小朋友想要知道更多有趣的事情，所以才派我來的。

4

阿斌的
微笑

和阿斌坐在一起，真不是一件愉快的事。

不僅上課無法享受到說悄悄話的樂趣，甚至鉛筆、橡皮擦不小心越線，也都讓他給撥到地上。有一回，外婆從臺北給我寄來的新外套，我第一次穿到學校，掛在椅背上，不小心掉在地上，他走過，看也不看就踩過去，氣得我握起拳頭，差點就揮過去。但是想到張伯伯有恩於我們家，而我也答應過張伯伯要照顧阿斌，只好算了，自認倒楣。

但是類似不尊重我的事情，一再發生，我忍無可忍，只好去找邱老師，要求換座位。

「換座位？教室已經沒有空餘的座位給你換了。何況，你是班上最聰明、教養最好的孩子，如

果連你也沒辦法影響阿斌，還有誰能幫助他呢？」

老師這一席話，讓我覺得自己身負重任，實在不應該棄阿斌於不顧。後來，陳大海告訴我，全班每個小朋友都和阿斌坐過，沒有一個人受得了他的怪癖，所以，最後只好讓他一個人坐了。

「你運氣很不好，最慢來我們班，沒有別的位子可以選。不過──」

「不過怎麼樣？」

「不過，我覺得你的脾氣蠻好的。而且，阿斌好像對你比較好喔！以前我和他一起坐時，他還踢過我咧！」

4 阿斌的微笑

陳大海這麼一說，我更覺得自己責任重大。

有一天下課時間，同學們圍著我聽高雄的趣事。當我講到柴山的臺灣獼猴由樹枝盪下來，搶劫登山客的背包時，我兩手後揮，模仿登山客驚惶的樣子，頭順著左手轉過去，看到了阿斌微笑的望著

我，他的目光和我一接觸，立刻慌亂的避開，轉過頭去，表現出和平時一般冷漠的樣子。

「阿斌笑了！阿斌笑了！」

我在心底狂喜！這是一個天大的祕密。老師不知道阿斌會對別人笑，同學們也不知道那個從來不說話、不出聲的班級客人，竟然會對我說的臺灣獼猴感興趣。

那天，我好樂！回家的路上，我不再沉默，雖然阿斌依然沒有出聲回話，但我不在乎，我知道他喜歡聽我說臺灣的故事。於是，我一路說著高雄同學的糗事回家；隔天早上，我又一路說著百科全書上的知識，和阿斌一道上學。

偶爾阿斌對我說話的內容感興趣，他就會露出淺淺的微笑，他一笑，便帶動了路上的草、坡上的樹、空中的風、天上的雲，大夥兒都跟著他笑了。

我的心也在笑！

和阿斌一起上下學的途中，成了我每天最高興的時刻。我想，阿斌也是。

不僅我喜歡望安的生活，連爸爸媽媽好像也過得挺不錯。套一句張伯伯常向遊客介紹的臺詞：

「望安居民八百，警察一百多。」

成天擔心寶貝獨生子被綁架的媽媽，神經終於鬆懈下來，不再時時盯著我說：「這兒太危險！」「那裡太可怕！」，叫我哪兒都不能去，只好天天蹲在家裡啃書，把鏡片愈換愈厚。

光看媽媽比以前少扠著腰，拉爸爸和我「講道理」，就知道她現

在過的日子多麼逍遙，而爸爸和我也沾光，得以享有幸福美滿的生活。

有天晚餐，媽媽啜著她自己種的澎湖絲瓜煮成的湯，心滿意足的說：

「這才叫真正的生活。哪像以前，不是老的加班，就是小的補習，一家三口總是湊不齊好好吃頓飯。」

說得爸爸和我不約而同都低下頭來，懺悔自己的罪過。有些人總是健忘，忘記自己曾經口口聲聲的訓斥別人：

「趁著年輕能賺的時候多存點錢！」

「少壯不努力，老大徒傷悲。多補幾科有什麼不好？」

偏偏愈是健忘的人，愈不能容許別人提醒她自己曾經說過的話。否則——天下恐怕就不太平了。

爸爸跟在張伯伯身旁實習半個月，就載客上路了。每天夜裡，他研讀望安的人文歷史、地理、建築……等資料告一段落之後，就會找問題和我一起討論，模擬遊客的想法，演練他的應對技巧。他驕傲的說：

　　「望安這麼美，人文傳說尤其豐富，一定要讓遊客達到深度旅遊的目的才行，走馬看花的人，根本不配坐我的車。」

　　爸爸已經很久沒有怪我話太多，倒是他自己，卻愈來愈喜歡講話了。

5

深奧
難懂的謎

今天阿斌發燒，沒有上學。我一個人走在路上，感到好無聊。早上，猩猩草、天人菊像往日一樣，在路旁排隊向我招手；傍晚，黃色的冬葵子，一路歡送我回到家門口。雖然阿斌不曾開口和我說過話，但是，沒有他在身邊，上學途中的野花野草，也顯得有些寂寥，有些落寞。

　　阿斌向來不作聲，他的缺席，並不會造成班上同學的失望。我們像平日一般朗讀課文，像每天那樣嬉笑玩耍，完全不會因為少了一名觀眾，而停止說話、暫停開玩笑。我這才發現，阿斌在這個班級團體裡，好像是個隱形人，大家對他視而不見，他的存在與否，根本不具有任何影響、任何意義。

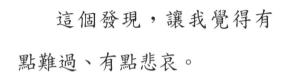

這個發現，讓我覺得有點難過、有點悲哀。

上課時，望著右手邊空盪的桌椅，我突然覺得他並沒有惡意，東西滾到他的「領域」，他把它撥開，是「保衛家園」的正常反應，只不過他反應比別人激烈，動作比一般人粗魯。或是，他緊張、害怕？不知道要怎樣和別人打交道？

一整天，我反覆思考，不斷揣摩阿斌的心理，覺得自己好像偵辦大案的福爾摩斯。

回到家後，我打電話到阿斌家，是他那念國中的姊姊接的電話。我請她告訴阿斌今天的回家功課。

電話中，我依稀聽到旁邊的人在問：

「姊！誰的電話？」

「阿敏打來的，別吵啦！」

阿斌的姊姊一頭和我交談，一頭遏止電話旁的干擾。放下電話，我想起張伯伯家只有兩個孩子，那麼，剛才在電話裡聽到的聲音，嗯……是阿斌！

阿斌在家會講話？

這真是令我感到驚奇的大事！

晚飯後，張媽媽來借我的國語習作，要回去給阿斌抄。張媽媽說阿斌昨晚自己跑到沙灘，受了點風寒，今天坐船到馬公看醫生，吃了藥退了燒，不礙事，明天應該可以上學。

「他一個人晚上到沙

灘來做什麼？來！坐下來。」

媽媽真厲害，自己先坐下來，右手朝椅子比一下，張媽媽也坐下來，兩個女人就打開話匣子了。

「找海龜！每年夏天一到，阿斌最喜歡到前面這個沙灘上看海龜下蛋。」

「烏龜下蛋有什麼好看？」

天！我真被媽媽打敗了。每年五月到十月，綠蠵龜上岸產卵，是望安的大事，成天看報紙，閱讀新聞的媽媽，竟然完全沒有概念！

「媽！那不是普通的烏龜啦！叫綠蠵龜，是瀕臨絕種的保育動物。」

「你哪兒聽來的？我怎麼都不知道這些。」

媽媽睜大眼睛望著我，那神情告訴我，她完全忘記了曾經陪我參加過「我愛綠蠵龜著色比賽」這回事。可能是因為我沒有僥倖得獎吧！否則，她一

定對綠蠵龜念念不忘，遇到親戚朋友，總要誇耀一番的。

那回為了著色比賽，我找了不少綠蠵龜的資料來看，知道全球有二十五隻綠蠵龜裝上了衛星發報器，繞著地球跑，其中在澎湖望安島就有七隻綠蠵龜，被安裝了發報器，成了洄游追踪計畫的主角。當我和阿聰在報紙上看到「望安一號」的滑稽模樣時，捧著肚子笑了好久好久，簡直不敢相信這個號稱恐龍時代就已經存在的海龜，會愚蠢到願意成天背著一部機器到處跑？隔天上學，阿聰說，人家澎湖有個「望安一號」，

67

我們高雄也來個「小港一號」，媲美澎湖的「望安一號」。「小港一號」是誰呢？研究了兩天，我們選上學校廚房外的流浪狗「黃仔」。也許是因為每天倒營養午餐的廚餘時，「小港一號」都會對我們搖尾示好，所以，我對綠蠵龜的印象深刻。

想想，怪不得媽媽的健忘，給她在外人面前留點母親應有的尊嚴吧！只好回答她：

「在你買給我的雜誌上看到的。」

「你們家阿敏真聰明，人又長得帥！不像我們家阿斌——」

張媽媽眼眶浮上一層淚水，話也說不下去了。

「孩子嘛！資質不同，有人開竅得早，有人開竅得晚。」

媽媽抽了二張面紙遞給張媽媽，張媽媽隨意地擦擦眼睛，接著說：

「其實阿斌小時候長得活潑可愛，人見人誇。」

「怎麼會變成現在這樣子？」

「也不知道呀！三歲以後慢慢就不愛講話了，眼光也不和外人接觸。那一陣子，常常發燒痙攣，把我嚇得要死。」

「看過醫生吧？怎麼說？」

「查不出病因，醫生只說長大會好一點。」

想起傍晚在電話中聽到的聲音，我立刻問：

「張媽媽，阿斌在家會和家人說話吧？」

「會，不過都講很短的句子，聲音又粗又低沉，不是說得很清楚。」

張媽媽看了看我，接著說：

「還是你比較乖，口才好，脾氣也好；阿斌性子很急，有時候他說的話，我一時沒聽懂，他就生氣了。」

張媽媽像決了堤的河水，盡興地說出阿斌異於常人的習慣，例如：只吃米飯、絕不配菜、一定要在固定的椅子上穿鞋、小時候生氣時以頭撞地，現在長大了，發起脾氣就用兩拳猛打自己的頭……聽得媽媽瞠目結舌，說不出話來。

「不過，很奇怪喔！每年夏天，阿斌的情緒都比平常好。」

「因為他可以看到海龜產卵，他喜歡綠蠵龜，

對不對？」

　　我迫不及待的說出自己的直覺。

　　張媽媽愣了一會兒，才點點頭說：

　　「可能是吧！」

　　夜裡，躺在床上，我一直回想著晚間張媽媽說
的話，覺得阿斌真是個深奧難懂的謎！

　　「當個福爾摩斯真是不容易！」

　　我給自己做個不是結論的結論，翻個身就向周
公報到去了。

6

會心的
友誼

天氣愈來愈熱了！六月的陽光，把我曬成了小黑炭。

「改天我到馬公去給你買輛捷安特，上下學時才不會被曬壞腦子。」

有天晚餐時，媽媽突然對我這樣說。如果是以前，我一定立刻跑去親媽媽的臉頰，並且急切的催促著：

「現在去買，我明天就想騎車去上學。」

但是，我知道阿斌不會騎腳踏車，他也不可能答應讓我載著上下學的，而上下學那段和阿斌獨處的時間，我是何等的快樂。

雖然阿斌仍然沒有開口對我說話，但他的眼

光和我有了交集，不再閃躲我善意的眼神。甚至，有時候我覺得，我們兩人好似在用眼眸打乒乓球，他的無聲勝過我的有聲。我不想中斷好不容易才建立起來的感情，只得婉拒媽媽的好意：

「不用買腳踏車了，我戴大一點的帽子就可以遮住太陽，我喜歡走路去學校，邊走邊玩很有趣。」

「可是，天氣越來越熱了呀？而且，暑假你不想騎車和同學到天臺山或古厝那兒去逛逛嗎？有部車總是方便一點。」

媽媽真是變了，以前住高雄時，千方百計阻止我和同學出去玩，現在卻主動幫我設想出遊的交通工具。偏我目前沒有這種需求。媽媽是個口才驚

人、毅力堅決的偉大女性，只要她想做一件事，莫不卯足全力，達到最終目的不可。我怕她再遊說下去，遲早非得騎車上學不可，只好使出殺手鐧，把她逼退：

「暑假妳不是要教我美語嗎？另外，我也想利用時間預習六年級的數學。偶爾出去玩，搭爸爸的巴士就好了，又快又舒服。」

「你真是已經長大了！自己懂得想了！」

這一招果然奏效！媽媽不再堅持自己的意見。

當了十二年的兒子，朝夕相處，我太了解媽媽了！她甚至連我以後讀大學該選什麼科系，都已經分析完畢，整理在她的「家庭要事」本裡，怎麼可能任由我在望安島上逍遙一個暑假呢？騎腳踏車

出遊，只不過是她的一個餌罷了。

戰勝媽媽的快感消退之後，我又不免有了些許懊惱，這回暑假恐怕真的不能再推託不學美語了，自己說的話總要算數吧！更何況，外文系畢業的媽媽，生下我後就辭掉工作，專心在家陪我，摩拳擦掌地等了我這些年，哪還會放過我呢？

「我兒子的美語要是說不好，豈不是砸了我這個外文系高材生的招牌！」

這是她常在沒有外人的情況下，最常誇口的一句話。而這句話，也正是我遲遲不敢向她拜師學藝的最大原因。

豔夏的陽光一天比一天耀眼，觀光客一船船由望安碼頭湧入，忙得爸爸和張伯伯以及幾個司機叔叔團團轉。尤其是假日，幾乎都得等到最後一艘遊

艇駛離碼頭，爸爸才能回家喘口氣。他一進門，總是把身體整個投進客廳長椅的懷抱裡，兩腳墊在茶几上，累得說不出話來。

「整天開車載客環島已經夠累了，何苦自己攬工作，沿途說個不停。」

媽媽端來一杯開水，勸著爸爸。

「沒有介紹望安的風土民情、人文歷史，觀光客會有入寶山空手回的遺憾。」

「旅行團中不是有導遊嗎？導遊介紹就可以了，還要你雞婆？」

媽媽顯得有點不高興，提高了音量。

「導遊幾乎都是馬公人，對望安的了解有限，既然我身為望安鄉民，就有義務把我所知道的全部說出來。」

爸爸也顯然有些動怒了，喝一口水，接著說：

「如果只是為了謀生而開車載客，我們又何必放棄十多年的努力，跑到這偏僻的小島來？跟著公司遷廠到大陸去，當浦東廠的廠長不是更好嗎？我已經四十幾歲了，想做幾年自己真正想做的事。」

爸爸正義凜然的言詞，令媽媽啞口無言，只能輕聲說出自己的憂慮：

「我只怕你累壞了。」

「放心，我有分寸的，不會衝過頭。」

爸爸又喝了一口水，臉上有著打贏一場勝仗的神情。

這真是不可思議的一件事，爸爸的口才竟然一日千里，讓媽媽輸得心甘情願。搬到望安來，全家人都變得不一樣了。

暑假前的一堂國語課，老師要我作「……可以……也可以」的句型練習。我不假思索，坐在座位上立刻念出了一個句子：

「媽媽可以做飯，爸爸也可以做飯。」

句子剛念完，包括老師在內，全班都笑了。

哈哈的笑聲讓我覺得很得意，這時，一隻溫熱的手掌覆在我的手背上。是阿斌的手掌！他也跟著

大家一起笑。

我趁著大家的笑聲未停，繼續傾著身體大聲笑，笑得頭都歪在阿斌肩上。我可以感覺到，剛開始阿斌的身體有點僵硬，後來就自然了。

課堂上，我和阿斌兩人座位中間的鴻溝逐漸消失，每當班上有笑聲傳出，我倆都會有身體的碰觸，透過這種會心的接觸，我想，我們應該更了解彼此對這份友誼的渴望。

休業式那天早上，老師把我叫到辦公室。對我說：

「老師看得出來，阿斌很喜歡你。」

「真的嗎？」

我很驚訝老師的細心，她竟然發現了這個事實。

「嗯！不光是老師這麼認為，其他同學也都有這種看法。」

「哦？也許吧！」

我聳聳肩，不置可否。

「所以，老師有件事要拜託你。」

「老師要我做什麼事？」

「暑假多找機會和阿斌一起玩，老師相信有你的幫忙，他會進步得很快。」

「可是他不和我說話，我不知道要從何幫起。」

「你可以慢慢觀察，看看他最喜歡什麼玩具，或是什麼遊戲，還是──」

老師停頓一下，想了想，接著說：

「你可以問阿斌的媽媽，他最喜歡到哪裡玩，只要不是危險的地方，你都可以陪他去。」

阿斌最喜歡去的地方？暑假？我心裡立刻有了答案。

暑假來了

暑假來了！旅遊旺季達到高峰，白天的望安島上，到處可見成群的遊客，戴著墨西哥草帽，掛著墨鏡，跂著涼鞋，一副怕曬又愛玩的模樣。

　　川流不息的遊客，不僅為寂靜的望安帶來生命力，更帶來財富。碼頭、風景區到處都有臨時攤販在叫賣著小魚干、珊瑚、貝殼等海產紀念品。

　　張媽媽帶著阿斌的姊姊，每天到天臺山賣青草茶，怕阿斌一個人在家發生危險，總是一早出門就把他寄到我們家。阿斌因為長期偏食，健康很差，張媽媽特別拜託媽媽別讓阿斌到海灘去曬太陽。

　　「他只要到了沙灘，沒有待上半天是不肯回來的。我賣青草茶賺的錢，還不夠他看病呢！」

媽媽原先很興奮多了一個學生，興致勃勃的教我們美語，後來發現阿斌完全不開口說話，威脅利誘都不見收效，二十六個字母沒教完，就鳴金收兵，隨我們在家自己玩了。

　　阿斌在我們家最常做的事，就是畫綠蠵龜。阿斌很屬害，完全沒有看任何圖片，憑空想像，就靠著一枝黑色原子筆，和張媽媽為他準備好的十六色油蠟筆，畫出了一幀幀綠蠵龜生活史。依我的眼光來看，他的作品，比我看過的綠蠵龜生態攝影還真實感人。

　　我一直以為自己是個博聞強記的小博士，對綠蠵龜有足夠的認識。看了阿斌所畫的綠蠵龜以後，才知道自己所知簡直連皮毛都稱不上。他最常畫的是幅「綠蠵龜產卵連環圖」，暗綠色背甲的綠蠵龜，和我們一般常見的陸龜外型最大的差異，在於頭部長有鱗片，不能完全縮入龜甲裡頭。而牠的四肢，

在阿斌筆下，全都變成魚鰭的形狀。鰭狀的腳怎麼在沙灘上行走呢？我百思不解。但媽媽說，鰭狀的腳才能在海裡游得快啊！別忘了綠蠵龜是海龜。

　　阿斌畫的「綠蠵龜產卵連環圖」可分為四個小圖：第一幅是綠蠵龜用前肢挖大洞，用後肢挖小洞；第二幅是母龜趴進大洞裡產卵，卵就落在小洞裡；第三幅是母龜以四肢撥土，將卵窩掩蓋好；最後是母龜爬回大海，在沙灘上留下一串長長的足跡，和一個又深又大的體洞。

　　有時，他也會畫一群孵化的黑色小龜，爬出卵窩，衝向大海。那爭先恐後模樣，使我想起以前在高雄上學時，每節下課鐘聲響起，我和阿聰、子翔抱著躲避球衝出教室，要到操場搶地盤的緊張心情。

　　有回，阿斌又在畫「綠蠵龜產卵連環圖」，我突然想到問題，指著第四幅圖中的沙灘足跡和四下

的體洞，問：

「如果我們在沙灘上看到一個大洞，和一串腳印，就可以知道附近有綠蠵龜的蛋囉！」

阿斌微笑點了一下頭。他點頭的動作雖小，卻讓我怔住了！

除了畫綠蠵龜之外，阿斌最常做的事，就是倚在我們家門口，眺望遠方的海浪和沙灘。院子的盡頭，長滿了和我一般高度的仙人掌，黃色的仙人掌花和紫紅的仙人掌漿果，正好擋住我的視線。難道阿斌的眼睛，能穿過黃花紫果，看到海水與沙灘？

看他專注的神情，我想，是的。他的心、他的眼，是不會被眼前的東西所蒙蔽的。

有天下午一點多，媽媽在房中午睡，我趴在客廳的茶几上，翻看六年級的數學課本，企圖為炎熱

無聊的暑假生活，增添一些有形的成果。阿斌蹲在茶几的另一邊，專心的畫著已經孵化的綠蠵龜蛋殼，原子筆摩擦著紙張，發出「沙沙」的聲響。白花花的陽光偷偷從敞開的大門，溜進客廳，搶佔一個角落，空氣因為周遭的寂靜而凝滯了。

驀然，一陣嘈雜的人聲傳來，由遠而近。他們朝著我們家院子外的沙灘走去，男男女女二、三十人，看起來很年輕，牛仔褲、運動鞋的裝扮，遠望就知道一定是學生。這是很少有的事，很難得見到遊客到我們這景觀平常的沙灘遊覽，更何況是在這燠熱的午後時分。我放下數學課本，踱到門口張望。

正巧看到爸爸停放好巴士，朝我跑來，興奮的叫：

「阿敏！快到沙灘去，聽教授講解綠蠵龜的生態。阿斌，你也一起去聽。」

原來那一群學生是坐爸爸的巴士來的。

門外的陽光很毒辣，我正考慮著是否要去看那一群人到底在研究什麼，阿斌聽到爸爸的話，卻早已起身衝出門外，朝著沙灘跑去。這真是怪異的一件事，他向來是避著別人，躲著人群的呀！

來不及看看到底是怎麼一回事，我也趕快跑出門去。

那一群人並沒有真正走進沙灘裡去，只是站在沙灘前的草地上，圍著一個年紀比爸爸大一些的中年伯伯聽講，周圍的年輕人幾乎都人手一枝筆、一本冊子，邊聽邊作筆記。看這一群人的樣子，借用媽媽的話來說：

「光看氣質，就知道是有學問的大學生。」

那麼，站在中間這個說著話，唯一不必寫筆記的人，一定是爸爸口中的「教授」囉！

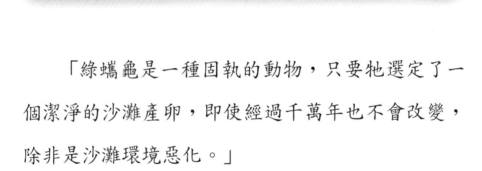

「綠蠵龜是一種固執的動物，只要牠選定了一個潔淨的沙灘產卵，即使經過千萬年也不會改變，除非是沙灘環境惡化。」

當我擠進人群時，聽到教授這麼告訴周圍的大學生。教授望向大海，指著沙灘，接著說：

「綠蠵龜可以說是靈敏的環境偵測器，除了望

安和蘭嶼有著少數的綠蠵龜踪跡，臺灣地區其他地方這幾十年來，都找不到綠蠵龜的影子了。」

教授嘆了口氣，感慨的為自己的演說作結論：

「當綠蠵龜完全在臺灣消失時，我們恐怕也已經成為垃圾島中的垃圾人了。而這個情況，好像已經離現在不遠。」

大家聽後，心情不免沉重起來。當我用十分崇敬的心情，望向教授時，發現阿斌原來也擠在人群裡，站在教授的右側方聆聽，他的神情略顯激動，眼眶有著一層薄薄的水霧，瘦削的臉頰，泛起兩片紅暈，那紅，比他腳下即將凋萎的馬鞍藤花瓣還要動人。

「阿斌是比大家都來得敏感聰明的。」

遠遠望著若有所思的阿斌，我不得不承認這個事實。

晚餐時，爸爸提到下午載大學生到沙灘，實地

觀察綠蠵龜喜好產卵環境之後，還帶他們去觀看一座剛出土不久的石碑。

「那塊石碑蠻有意思的，有空陪阿斌一起去看，碑文和海龜有點關係。」

爸爸也知道阿斌的癖好，鼓勵我們出去走走看看。我常常記著老師要我利用機會親近阿斌的囑咐。但是，外頭的陽光太烈了，使我不禁猶豫。

「覺得太遠、太熱，對不對？」

媽媽真是我肚裡的蛔蟲，看我的臉色，就知道我心裡的想法。但我可不會愚蠢得點頭，承認自己的顧慮。只要一承認，媽媽可又得意，有話要說了：

「當初說要買部腳踏車給你，暑假可以騎出去玩的嘛！你偏不要，現在後悔了吧？」

失節事小，丟臉事大。為了挽回我即將被撕下的少男自尊，我鎮定而理直氣壯的告訴爸媽：

「不是怕熱，也不是怕走遠路，只是覺得出去有點浪費時間，我想待在家裡多看點書。」

說得我自己都有點心虛，有點不好意思。媽媽卻以一種非常欣慰的眼神讚美著我，告訴爸爸：

「我們阿敏真是愈來愈懂事了。」

有智慧的爸爸，可不這麼認為，他繼續展開那愈來愈有語言魅力的三寸不爛之舌：

「讀書固然要緊，但實際生活上的學問更重要，我看，你還是明天和阿斌去走一趟吧！望安人自己都不去看一下石碑，關心本地曾發生過的故事，說不過去的。」

爸爸的確是變了，看他侃侃而談的樣子，誰也不能想像出半年前他那副吃飯配報紙，放下飯碗就進書房打電腦，整個晚上，除了睡覺打呼，幾乎聽不到他聲音的酷爸樣子。

到底人是因為口才好，所以愛講話？還是因為愛講話，所以口才變好？啊！不管了，先解決眼前的問題。我靈機一動，搬出擋箭牌：

　　「天氣太熱，阿斌身體不好，我擔心他走不了太遠的路。」

　　「這我倒沒想到。嗯！這樣好了，明天我載客人上船以後，再載你們去好了，順便為你們講解一下，你們才能真正看懂。媽咪，你也一起去！」

　　「我？我也一起去？」

　　媽媽睜大眼睛，不敢相信自己也在被邀之列。

　　「一起去。」爸爸點頭肯定，接著遊說：

　　「這個新出土的遺物，知道的人還不多，先去看看，免得過一陣子知道的人多了，遲早被破壞。」

　　「也好。」

　　媽媽真是愈來愈從善如流了。

吃完飯，我去找阿斌，問他明天要不要和我們一起去看石碑，碑上刻有關海龜的故事。也許是我誠摯的態度感動他吧？或是我興奮的神情感染了他？還是──我的話剛講完，問他：

　　「要不要去？你要不要去看有關海龜的故事？」

　　「要！」

　　簡短的一個字，恍如空谷足音，猛然在我耳邊響起，阿斌正微笑地望著我。

　　第二天傍晚，爸爸依約帶我們去看石碑，石碑被暫時放在一棵黃槿樹下，斑駁的外型，讓我們很失望。爸爸回車裡拿下一瓶水，朝石碑潑去，刻在石碑上的文字，就隱隱浮現了。

　　爸爸的動作是如此敏捷而熟練，令媽媽和我非

常吃驚。

碑文是清朝時刻的，沒有標點符號在裡頭，我根本看不懂。接著，爸爸很專業地撫著碑文，一句句解釋給我聽：

「在一個很悽慘的時代，望安島上鬧饑荒，人們為了生存下去，能吃的東西都吃進肚裡，不能吃的東西也殺來裹腹，甚至傳出有『易女而食』的事件。有愛心的富人便出錢賑災，立碑告訴島上人民要保護三種動物：守護神海龜、耕田生產的牛和延續人類命脈的女嬰，都不能殺來吃掉。凡是能留下大海龜一隻的人，可獲得五十文，小海龜三十文，牛一頭補助二千文，女嬰一口一千文。」

爸爸一口氣把碑文講完，聽得我滿身雞皮疙瘩，交換女兒來填飽肚子，這是多麼殘忍的事呀！

阿斌也是一臉難過的樣子，我想，他一定是聽

到有人抓海龜來吃，覺得很傷心吧！

　　和我們比起來，媽媽實際多了，她質問爸爸：

　　「大家都沒東西吃了，發錢有什麼用？看錢就會飽嗎？」

　　爸爸正陶醉在又一次展現個人演說魅力的成就感中，整個人輕飄飄的。被媽媽這突然一問，竟答不出話來。

　　歪著頭，伸手撩撥額前的短髮，說：

　　「對呀！怎麼從沒有遊客問我這個問題？我想──大概──」

　　「別『我想』、『大概』了，你老婆可不是普通人，讓你三言兩語就唬住了，回去把資料讀通再說吧！」

　　我和阿斌在一旁，憋著不敢笑出來。總要給爸爸留一點男性的尊嚴吧！

海龜產卵

晚飯後，被媽媽很有耐心的教了兩頁美語，我就體力不支，頻頻點頭，媽媽看在眼裡，真是恨鐵不成鋼。

「我不要變鐵，也不要變鋼，只希望趕快見周公。」

我誠實的自白，讓媽媽認清事實，嘆了口氣，不得不赦免我的不成材，讓我早早上床會周公。

睡夢中，突然聽到一陣熟悉的聲音傳來：

「阿敏！阿敏！快起來和我們一起看。」

阿聰真是煩人，睡個覺也跑來打擾，非要我陪他玩不可。翻個身，不理他，繼續睡。

「阿敏！快起來，晚了就來不及了。」

　　來不及了？是媽媽的聲音！晚起就來不及上學了，我一骨碌坐起來，嚇得一身是汗。

　　跳下床來，拿起鬧鐘看：咦？是一點半？窗外一片漆黑。

　　「阿敏！快穿件外套，跟媽媽去沙灘。」

　　「去沙灘做什麼？三更半夜的。」

「去了你就知道！快！動作慢就來不及了。」

爸爸等在房門外，看到我被媽媽拉出房門，趕快跑過來，兩人一左一右的拉著我的手臂，連拖帶拉的，把我拖到沙灘前的馬鞍藤砂地上蹲著。

「我要睡覺啦！」

對爸媽莫名其妙的舉動，我覺得不耐煩而動怒。但突然，我的右手邊不遠處傳來警告聲：

「噓！」聲音很小，但是很清楚。

我轉頭望去。

天！是阿斌。是阿斌獨自一人蹲在那兒。爸媽看到阿斌也嚇了一跳，然後蹲著跑過去，低聲問：

「你也聽到聲音，知道今天有得看？」

「嗯！」

一定是上帝出現了！阿斌竟然回爸媽的問話，而且還點頭呢！

我也趕快移過身子，和他們三人蹲在一塊兒，輕聲問著：

「你們在幹什麼？」

阿斌以左手食指比著嘴唇，作禁聲的指示，另一隻手指向前方沙灘。我這才發現前方傳來一陣陣「忽忽」的喘息聲，顯得濁重而急促。我循著聲音向前尋看。

在幾公尺外的保護區沙灘上，蹲著一隻大海龜，奮力的用四肢挖洞，沙土鬆軟並不難挖，但牠挖的洞很大，大的洞約有一公尺長寬，小的洞則比較深。

那隻專注挖洞的海龜，體型碩大，長約一百三十幾公分，和我的身長差不多吧！黑夜的微光中，遠遠可以看到牠的腹部呈現不同於深色背甲的淺黃光澤。

洞挖好後，牠爬進去開始產卵，一顆、二顆、三顆……淺米色的卵由尾部落入深洞裡。我們屏氣凝神仔細觀看，但距離太遠了些，只看到模糊的影像。在繁星的微光中，遠望產卵的綠蠵龜，忽然想起高雄的舊家餐廳中，那張六人座的綠色橢圓餐桌，牠和它的外形，給我十分神似的感覺。

　　十幾分鐘後，綠蠵龜開始撥土，把龜卵掩蓋住。鬆軟的沙土沒多少時間就掩蓋住一窩龜卵了。牠完成大事後，頭也不回的爬回大海去。

　　直到綠蠵龜完全隱沒在遠方的海水裡，我那顆緊張得卡在喉嚨裡的心，才落回胸腔裡，勉強問阿斌：

　　「我們去前面看牠的蛋好嗎？」

　　阿斌搖搖頭拒絕我的邀請。爸爸主動幫他說明搖頭的原因：

「前面是保護區，不能隨便進去，現在是管制時間，進去是犯法的。」

「沙灘就在我家前面，難道我也不能去沙灘玩遊戲嗎？我並不是要去挖龜卵。」

「不行！綠蠵龜產卵最怕被打擾，你下去萬一踩破蛋殼，那該怎麼辦？」

我對爸爸的話不敢完全採信，轉過去問仍在地上蹲著的阿斌：

「是這樣子嗎？」

「嗯！沙灘到處都可能埋有龜蛋，最好別去。」

阿斌原來也能說出完整的句子。這真是比目睹綠蠵龜產卵的過程，還令人驚異的事。爸媽在一旁聽了，也感到訝異，湊過來一起討論方才的見聞。

阿斌恍如脫胎換骨般，滔滔不絕的告訴我們，

他在沙灘上觀察綠蠵龜的心得與常識。雖然光線微弱，但由阿斌急亂而辭不達意的語氣，可以感到他的興奮，那是一種孤寂的祕密被分享的愉悅。

爸媽不一會兒就先回家了，留下我和阿斌二人在沙灘上，他一直講一直講，我絲毫沒有插嘴的餘地，就像平時上下學途中，我一路講得口沫橫飛，

完全沒有空檔讓他插播兩句。

最後，他累了，我也疲乏了，兩人才一道回家去，分手時，他還主動向我說：

「明兒見！」這是我們認識半年來，他第一次向我道別。

當我滿腹欣喜重新躺回床上時，鬧鐘指著四點整。

第二天，阿斌沒到我們家來。倒是張伯伯來了，他告訴我們阿斌坐船到馬公看病去了。

「這孩子就是不聽話，叫他不要到海邊去吹風，他還是三更半夜趁著全家人都熟睡時，偷偷跑出去一整夜。」

「發燒嗎？還是咳嗽？不嚴重吧！」

媽媽有點心虛，說起話來顯然少了平時理直氣

壯的豪放聲勢。我在一旁嚇得不敢出聲，希望阿斌不要太嚴重才好。

「輕微發點燒，不算什麼，吃兩天藥就會好。我只是心裡很氣，這種富貴命的孩子，根本就不應該投胎在望安，村子裡的孩子，成天在海灘進進出出，也沒聽說哪個生病發燒會痙攣的。」

「每個孩子的體質不同，這是先天的，怪不了他，要怪，就只能怪老天作弄人，要你和張嫂比別人承擔多一點的折磨。」

「唉！」張伯伯聽了，搖搖頭嘆氣，接著說：

「體質差我也就認了，但是，他又那麼固執，什麼都不玩，就是愛看海龜下蛋，才會半夜吹風感冒。」

「他有沒有告訴你昨晚看海龜的情形？」

在一旁沉默許久的爸爸，終於開口講話了。看

他的表情，好像經過慎重的考慮，才決定開口。

「沒有，他很少講話給我們聽。」張伯伯右手拉拉腰間的皮帶，調整略歪的長褲，「我們也沒有空去問他那些事情。」

爸爸下了決心，告訴張伯伯：

「昨晚，我們也去沙灘那兒看海龜產卵。」

「哦？」張伯伯有些驚訝。

「我們到的時候，阿斌早就蹲在沙灘上了。他告訴我們許多綠蠵龜的常識。」

「你說──」張伯伯嘴巴張得好大，足足可吞下一顆雞蛋，「阿斌他開口跟你們說話？」

「對，說了不少話呢！雖然不是很流利，不過，都能把話交代得還算清楚。」

「而且，他對綠蠵龜的研究很深入，畫的圖和我昨晚看到的幾乎是一模一樣。」我忍不住也加入談話。

「阿斌會和外人講話了？哈！哈哈！阿斌會和別人講話了。」張伯伯高興得像小孩子突然得到紅包一樣的快樂，又笑又叫的。

我和爸媽在一旁看著張伯伯，心裡和他一樣高興。

隔一天，阿斌退了燒，帶著藥到我們家玩，張

媽媽依然到天臺山賣青草茶。可是，阿斌他完全不說話，又恢復以前的樣子，不是畫綠蠵龜就是望著大海。

我懷疑，那天晚上和我侃侃而談的人，真的是眼前的阿斌嗎？

過了幾個星期，是八月下旬的一天，阿斌又沒有過來我們家，我知道他前晚一定是去看綠蠵龜了。

下午五點多，我估算馬公開來的最後一班遊艇應到碼頭了，阿斌該已回家，我越過屋後的馬路，爬上小坡，轉個彎，就看到阿斌的姊姊，正在院子裡餵小雞。

「阿斌是不是生病了？他今天沒到我們家。」我問。

「是啊！剛下船回到家不久，現在可能在客廳裡休息，你自己進去看看。」

「好，我去找他。」說完，我轉身進屋裡。

客廳裡空盪盪的，沒有人影，我走到阿斌的房間去。他正躺在床上，一臉的倦容，睜著眼睛發呆。

「阿斌！」我走上前去。

「……」他轉過頭來望我，不發一語。

「你今天怎麼沒到我家？是不是昨晚又到海邊，受了風寒？」

「嗯……」

「昨晚，有海龜上岸嗎？」

「……」阿斌搖搖頭。

「那──你到海邊看什麼？」

阿斌翻下床來，走到櫃子旁，拉開櫃子的抽

屜，望向我：

「看！」

我走過去，靠近櫃子。是一抽屜的蛋殼，滿滿一抽屜的蛋殼！阿斌看我不解的驚訝神情，開口解釋：

「海龜的。」

「你是說，這是海龜的蛋殼？」

「唔！」

「你？你昨天去偷挖綠蠵龜的卵窩？這是犯法的事呀！阿斌，破壞綠蠵龜的生態，是會被警察抓去關的。」

我好驚訝，阿斌竟然做了如此嚴重的錯事，雖然他是我最要好的朋友，但我不能原諒他的自私。為了個人特殊的喜好，而傷害保育動物，是多麼令人不齒的舉動。尤其是，這一抽屜的龜卵，孕育了

多少稚嫩的生命啊！於是，我生氣的對阿斌大叫：

「阿斌，你是一個很殘忍的人。」

也許是我從來沒有對阿斌發過脾氣吧！他被我憤怒的樣子嚇住，張開嘴，好一會兒才說：

「不是！我不——」

「是！你是！你就是！你是一個殘忍的人，我再也不要理你了。」

說完，我衝到門外，朝著回家的路跑去。

我跑得又急又快，一口氣就跑回到家中。媽媽看到我跑著進門，訝異的問：

「不是說要去找阿斌嗎？怎麼這麼快就回來了？他還沒回到家嗎？」

「不要再跟我說他的事了，他是一個殘忍的人，我不要和他作朋友。」

說完，我跑進房去，把門鎖上，任憑媽媽在門

外敲打詢問，我也不作聲，我真的是太傷心、太難過了，我需要給自己一個能夠平撫心情的空間。

　　離開高雄這半年來，我沒有什麼知心朋友，阿斌是我接觸最多的同學，雖然我們真正交談的話很少，但是，我一直認為他是我最要好的朋友，上下學途中，什麼心底的祕密都告訴他，因為，我覺得他是一個善良的小孩，將來長大一定是個好人。所以，我隨時隨地都想著，要如何讓他開口說話，做一個正常的小孩，也好讓張伯伯、張媽媽放下心來。我是這樣的誠心對他好，而他卻有一副殘酷的心腸。真是教我失望透了！

　　第二天，阿斌沒到我們家來。

　　第三天，阿斌也沒來。

　　第四天，阿斌還是沒來，祖母來了！

祖母來訪

當祖母在馬公機場看到我時，幾乎認不出我來。

「要不是阿敏聲音沒變，我可真不敢想像，眼前這個壯壯的黑小子，竟然是我的乖孫。」祖母雙手抓著我的肩膀，端詳我好一陣子，才說：「阿敏啊！有沒有想奶奶？看！你都快和我一樣高了。」

「阿敏這一陣子長得快，抽得高，恐怕是快要進入青春期了。」媽媽說。

「你要多給他補充營養。」祖母捏捏我的手臂，轉向媽媽說：

「你看，瘦成這個樣子，手臂細得像根樹枝，誰家的孩子會養成這個模樣？澎湖不是很多海產嗎？煮些鮮魚給他吃，孩子的胃吸收得快，要多給他吃營養的東西，他自然就長得胖，長得壯。」停

頓了一下，祖母意猶未盡，又對著媽媽說：

「就這麼一個寶貝兒子，又不是十個八個孩子，賺的錢不夠吃。是不是和善的生意不好，你們的收入不夠用？」媽媽聽了，趕緊搖頭否認：

「我們過得很好，觀光客多得載不完，今天和善就是要載一群臺中來的客人，所以沒有空過來接您。您別擔心我們的經濟。」媽媽看祖母的臉色和緩下來，便看著我，對祖母說：

「都是阿敏他不好，挑食，這個嫌腥，那個嫌肉多，沒幾樣菜合他胃口的。」

「阿敏！這就是你不對了，小孩子不要偏食，才能吸收到均衡的營養，營養均衡才能長得高又壯，知道嗎？以後要聽奶奶的話，只要是媽媽煮的飯菜，都要吃光光。」

「嗯！知道了。」我嘟起嘴巴不情願的點頭，趁著祖母不注意的時候，白了媽媽一眼，那眼光告

訴媽媽「都是你啦！」媽媽接到我的目光，聳聳肩笑著望向我，那意思是「沒辦法」。

媽媽就是這個樣子，平時在我和爸爸面前神氣活現的，到了祖母面前，卻成了一隻柔順的小白兔，總是把一切責任推到我這隻無辜的綿羊身上。

爸爸看到祖母來我們家，非常的高興，陪著祖母聊天到深夜。如果我每天放學回家，看到媽媽也能像爸爸看到祖母一樣高興，我想，媽媽一定不會常唉聲嘆氣的說：「如果年輕時多生個孩子，現在家裡也不會冷冷清清了。」

我也很希望家裡多一個孩子陪我，這幾天，阿斌不到我們家玩，我都快要悶死了。

爸爸總是和祖母有說不完的話，為了掌握住有限的見面時間，祖母和我乾脆坐在爸爸車上，隨著他載客去遊覽。祖母是個能言善道，而又外向的都

市老太太，她很快就和遊客們混熟，談天說地，無所不聊。在中社古厝「花宅」一帶參觀時，爸爸指著灰舊的紅色古厝介紹：

「這裡古厝保存得很完整，曾有幾部電影在這裡拍攝，所以，到望安來的人，如果沒到『花宅』來參觀，幾乎可以說等於白來望安了。」

「哪部電影是在這裡拍的？」遊客中有人問。

向來不看電影的爸爸，這回恐怕要被考倒了，我在心裡替他捏了一把冷汗。但他很鎮定地、慢條斯理的回答遊客的問題：

「電影『桂花巷』，曾利用這裡的古厝當場景。『桂花巷』的女主角，我一時倒想不起來了。」爸爸果然漏氣了！只見他在搔頭回想，很希望給遊客一個滿分的答案。但彷彿事與願違。突然，遊客中有人回答：

「『桂花巷』是陸小芬主演的啦！」說話的人，

竟是祖母。

「對啦！是陸小芬主演的，我一時想不起來，
她當選過金馬獎影后吧！」爸爸終於有了臺階下。

「老太太，你的記性真好，多年前的電影還記
得。」遊客中有人誇祖母。

祖母被誇得輕飄飄的，忙說：

「哪有，剛好記得啦！沒什麼。」

我在一旁看了，覺得真有趣，六十多歲的祖母，

還會臉紅哩！

　　當遊客們在一棟掛有「私人住宅，非請勿入。」警告牌的古厝前參觀時，木門突然打開，跑出一個小光頭來。

　　「陳大海！」我驚叫。

　　「是你！黃世敏！」看到我，阿海也很驚訝。

　　「阿海！你怎麼在這兒？」

　　「阿敏，你怎麼會來這裡？」

　　我們兩個人真有默契，同時問對方相同的問題。阿海先回答：「這是我家，我當然會在這裡呀！你呢？你怎麼跑到我家門口來了？」

　　「我和奶奶一起來參觀古厝。」說著，我拉拉祖母的手臂，介紹給阿海：

　　「這是我奶奶，她從高雄來看我。」

　　「高雄？你阿嬤住高雄哦？」阿海從上到下審視了祖母一次，發出讚嘆：

「高雄來的阿嬤好年輕、好高貴！」祖母聽了，笑得嘴都闔不攏，直說：

「望安的孩子真是活潑又善良。」

望安的孩子活潑又善良？是嗎？我想起了阿斌，和那一大群枉死的小綠蠵龜。

祖母在望安待了四天，就熱得受不了，吵著要回高雄吹冷氣了。祖母回高雄的前一夜，和爸媽聊得很晚，我躺在房間床上，聽到祖母低聲問：

「這種生活，打算再過多久？」

「……」

「阿敏馬上就要上國中了。」

「望安也有國中可念。」爸說。

「在望安念國中？你們該不會希望他一輩子留在望安吧？」祖母有點詫異。

「孩子大了，他會決定自己要過的生活。」

131

「像你們一樣，是不是？」祖母聲音提高了。

「媽！別生氣。阿敏他很喜歡看書，我們不會耽誤他的。」是媽媽的聲音。

「你們把他帶到這個偏僻小島，就是耽誤他了。」

「等時間到了，我們會把他送回高雄。」爸說。

「要快點，孩子的黃金歲月沒幾年，不能等。唉！不要等到他和外面的世界脫節了，才把他帶回高雄，那時就太晚了。」

祖母的腳步聲朝我房間走來，我趕緊閉上眼睛，假裝側著睡著。祖母在我身邊躺下，不一會兒就傳出鼾聲。我卻躺在床上，翻來覆去睡不著。

第二天，祖母登機前，利用媽媽上廁所的時間對我說：「阿敏！如果以後想回高雄，就打電話給奶奶，我會幫忙，叫你爸媽帶你回去，知道嗎？」

看到祖母眼中的淚水，我的眼眶也溼了起來。我一個勁兒的猛點頭，祖母才放心的離去。

10

升上
六年級

　　暑假結束前一天，阿斌的媽媽來我們家。

　　「阿斌最近為什麼都不到我們家玩？」媽媽見面就問。

　　「他不敢過來。」張媽媽望著我。

　　「哦？怎麼回事？」

　　「阿敏。」張媽媽對著我問：

　　「阿斌說你不理他了，有沒有這件事？」

　　「嗯！」我點點頭。

　　「可以告訴我是怎麼回事嗎？阿斌他好難過，每天在家不是哭就是發脾氣。」

　　「阿敏，快告訴張媽媽事情的經過，阿斌他很重視和你的友誼，你不能說不理人家就不理人家。」

　　媽媽走到我身旁，拉著我的手，給我鼓勵。張媽媽看我欲言又止的樣子，也急了，說：

　　「阿敏，你知道嗎？阿斌除了你沒有別的朋友，以前每天早上他都哭著不肯上學，說會怕，學校沒有人理他、和他說話，自從你來了以後，他天天比我還早起，吃完早餐，等著我陪他來找你一起

上學。現在你不理他了，明天早上，我真不知道要如何哄他上學。」

張媽媽說到激動處，就哽咽住說不下去了。媽媽趕忙拍拍她的肩膀，安慰說：

「小孩子就是這樣，吵兩天過去就好了。」

我愣在一邊，想不出該講些什麼話。張媽媽振作精神，強自鎮定，試著恢復平靜的語氣，接著說：

「以前，阿斌沒事就畫海龜，最近這幾天，他都在畫你。」

「畫我？」我極驚訝。

「嗯！」張媽媽點頭。

「你怎麼知道他畫的是阿敏？他自己說的嗎？」媽媽問。

「他沒說。最近他彆扭得很，比

以前更不說話，經常問他十句，他答沒一句。」張媽媽望著我的臉，接著微笑地說：

「阿斌認識的人裡面，除了阿敏，還有誰戴眼鏡呢？」然後，張媽媽笑得更深了，盯著我的左眉說：

「阿斌把你眉心那顆痣也畫出來了。」

聽了張媽媽這段話，我真不知要如何形容自己內心的感動，除了爸媽之外，恐怕從來沒有一個人像阿斌那樣在乎我。於是，我忘了自己發過的誓，絕不再提阿斌抽屜裡的綠蠵龜蛋殼的事。我一口氣就把去阿斌家那天的事，告訴了媽媽和張媽媽。最後，我感慨的說：

「真想不到阿斌這樣一個愛綠蠵龜的人，竟然會做出這種傷害綠蠵龜生命的事來。」

原以為張媽媽聽了我的話，會和我一起痛罵阿斌的殘酷行為。沒想到，她卻哈哈笑了起來：

「阿敏！你誤會我們阿斌了。那些蛋殼是已經孵化的海龜所留下的，阿斌總是等到小海龜走光，都爬回大海去了，才去撿蛋殼回家數，他說要計算海龜一次能下幾個蛋。」

「一個卵窩有幾個蛋呢？」媽媽好奇問。

「一百多個吧？我也沒有仔細問過他。」

「這麼說來，阿斌沒有傷害小綠蠵龜？」我有點懷疑。

「沒有，絕對沒有，這點我可以肯定。為了怕影響小龜的爬行方向，他都不敢帶手電筒，他說帶光源到卵窩附近，會使小龜誤以為有光的地方就是大海，因而跑上岸來喪命，這樣太殘忍了。你想，他還有可能傷害小龜嗎？」

「說的也是。」我心中有些後悔自己的衝動，

「不過，他在晚間進入保護區也不對，還是有可能影響綠蠵龜的生態，萬一有別的母龜在附近產卵呢？」

「這點我倒沒想到。」張媽媽想了想，下定決心說：

「以後我就不禁止他白天到沙灘撿蛋殼好了，不過，阿敏，你可得幫我陪著他，催他趕快上岸，別曬昏了頭。」

「好，我一定做到。」

這時，我腦海中浮出阿斌在我們家倚門遠眺的影像。

隔天早上，我帶著祖母給我的「綠蠵龜紀念幣」，到阿斌家道歉，阿斌什麼也沒說，只是望著我笑，我知道他原諒我了。

第三天，正式開學，我們升上六年級，成為學校裡面最神氣的一班。遺憾的是，從來沒有離開過

望安的娟娟，暑假中搬到臺灣去了，班級人數由二位數回到以前的個位數。

邱老師燙了個捲捲的頭髮，俏麗又好看，她一開學看到我，就說：

「暑假一定過得很充實吧！看了多少本書呢？」

我覺得自己愈來愈喜歡老師了。阿斌也是，我發現老師叫他，他也敢離開位子，到老師辦公桌前了。

11

你一定要
回來哦

十一月，綠蠵龜走了，遊客也走了，強勁的東北季風呼呼吹過望安島。

望安，恢復以前的寧靜。

爸爸開始過他所謂「真正想過的生活」，早上看書報，下午和媽媽一道在硓𥑮石擋風牆內，整理田間的地瓜和玉米。偶爾寒流來的夜間，爸爸倒杯酒，和張伯伯一起喝酒配烤地瓜。滿屋子的酒香、地瓜香，往往讓他倆天南地北扯個無止境，當然，他們最常聊起的，還是當年一起服兵役的往事。

「這種做半年吃一年的日子，才是真正人過的生活。」

冬天時，爸爸的心情經常很好，總是這樣說。媽媽也老是潑他冷水：「夏天開車熱得要死，冬天

種菜冷得要命。哪有『做半年吃一年』？把自己說得那樣好命！」

爸爸脾氣好時，便說：

「下田是調劑生活用的，哪是工作？」

心情不好時，爸爸就自己進房去，不和媽媽一般見識。依我這個旁觀者來看，媽媽是個實際的現代女性，而爸爸，冬天時恐怕是坐著哆啦A夢的時空穿梭機，回到了陶淵明的時代。

經過了「蛋殼事件」，我和阿斌的感情似乎比往日更進一大步，他偶爾也會主動和我說上兩句話，不過，句子很短倒是真的。

有次在回家的路上，我鼓起勇氣問他：

「阿斌，你還記得暑假有一天晚上，我們一起看綠蠵龜產卵嗎？」

「記得。」他點點頭。

「那天，你對我說很多話，關於綠蠵龜的。」

「嗯！」

「回家時，你還跟我說『明兒見』，你知道嗎？那天我好高興。」

「哦？」阿斌提高雙眉，一臉疑惑。

「真的。聽到你對我說話，我心裡總是很高興。」

阿斌睜著眼睛望著我，彷彿我是外星人，他完全聽不懂我在說什麼。於是，我一急，便大叫：

「你是個能講話的人，為什麼不和別人交談？總是把自己關閉在自己的世界中，你這是何苦？」

阿斌被我激動的樣子嚇了一跳，輕顫著雙唇，許久之後，才緩緩的冒出二個字：

「我怕。」

阿斌會怕？阿斌不和別人接觸目光，不和別人

說話，對於別人的存在沒有反應，是因為他害怕？我有些糊塗了。

「可是，那天晚上在海邊你對我說了許多綠蠵龜的事。」我更滿腹疑問了。

「綠蠵龜……」他的眼光直眺前方的海浪，臉部的表情一下子柔和了許多，口中喃喃念著：「綠蠵龜只有晚上才敢上岸。」

綠蠵龜只有在晚間，海水滿潮時才會上岸產卵，這是所有望安人都知道的事。阿斌這句話是什麼意思？很顯然的，他沒有聽懂我的話。

「我是說，你那天晚上對我說許多話，當時心裡怕不怕？」我再問。

「綠蠵龜不怕。」他搖搖頭。

我想，阿斌還是沒聽懂我的話，想要再澄清一次我的問題，但他卻逕自往前走，不再搭理我了。

寒假快到的前幾天，爸爸和媽媽為了在哪兒過年起了衝突。

　　「當然是回臺北，我已經快一年沒去看我媽了，每次在電話中，只要她一問：『什麼時候回來？』我的眼淚就要掉下來，話也說不出了。」媽媽顯得有些傷心，這在我們家還真是罕見。

　　「哪有在娘家過新年的？除夕夜，兄弟姊妹一家人團圓，就差我這個大哥怎麼成？」爸也很堅持。

　　這真是令人傷腦筋的一件事，祖母家也好，外婆家也好，我都想待一陣子。於是我說：

　　「這樣好不好？我們先在祖母家住幾天，初一或初二去外婆家多玩兩天，怎麼樣？」

　　我說出這種兩全其美的方法，想必會得到爸媽一致的採納。沒想到，他倆聽完我的話，卻一起搖頭說不行。

「離開太久，田裡的作物沒人照顧，怎麼成？」媽媽否決了我的意見。

「可以請張伯伯、張媽媽幫忙幾天。」我說。

「張伯伯要到馬公去打工，張媽媽忙自己的田都忙不完，還要照顧阿斌，哪能分身？」爸爸也覺不妥。

「那——我們不能留在臺灣太久嗎？」我問。

「頂多一個星期吧！」爸爸說

「阿敏！快一年沒看到外婆、小舅了，你想不想他們？」媽媽趁勢說。

「想啊！我還想去兒童樂園大玩一頓，還有，坐捷運去木柵動物園，也是我想了好久的事。」

「可是，爸爸說要去祖母家過年，沒辦法在外婆家待太久。」

「好可惜喔！」我覺得很失望。

「你跟爸爸說說看嘛，爸爸最疼你，一定會聽

你的話。」

「爸！讓我在臺北多玩幾天嘛！」我轉向爸爸。

「阿敏，難道你不想念祖母？還有堂弟堂妹們？」爸爸問。

「想！不過祖母暑假才來看過我們。這樣好了，我們先到高雄祖母家住一天，然後再去臺北住幾天，玩個夠。」我又想到一個十全十美的好辦法。

「一天可能不夠，祖母會希望你多陪她幾天。」

「這樣的話，」我沉思了一會兒，靈光一現：

「暑假時，我再到高雄去找祖母，陪她一陣子，順便到市立圖書館看書，搬家帶來的新書我都看光了。」

「好吧！既然你這麼說，就依你了。」爸說。

媽媽在一旁聽了，也很高興事情圓滿的解決。不過，由於春節假期旅客太多，機票不容易買到，

爸爸也覺得春節到處人擠人的，旅遊品質太低，所以，我們最後決定，一放寒假就到臺灣。

寒假開始的第二天，我們一家三口就離開了望安。

張伯伯開車載我們到機場，阿斌也一起坐著車送我們。一想到多采多姿的臺北生活，我的心就雀躍不已，嘴巴就像春天樹梢的麻雀般，吱吱喳喳的說個不停，阿斌坐在我身旁，安靜的聽著我發表高論。

說到臺北小舅的趣事，我自個兒不禁笑了起來，前座的爸媽、張伯伯也都笑了。只有阿斌，靜靜地坐著，沒有反應。對於他這樣子，大家都習慣了。

下了車，大人們走在前面，我和阿斌一起在後頭慢慢走著，阿斌幾次動唇，我以為他要說什麼，問他，他搖搖頭。我的心也沉重起來。走到了通關

口，張伯伯向我們揮手道別：

「再見了！好好去臺北玩吧！家裡我會叫阿斌的媽媽幫你們顧著。」

「再見！」我和爸媽也揮揮手，轉身準備離去。驀然，一句粗低的聲音在我身後怯怯響起：

「阿敏，你要回來！」

是阿斌！

爸媽走在前頭，沒有聽見，張伯伯和我都聽見了。我握起阿斌右手，和他蓋印章打手印：

「我一定會回來的，你等我一起過新年。」

阿斌笑了，他的笑容，讓我感覺到他有如釋重負的喜悅。

當我再次轉身離去時，又聽到一句：

「阿敏，你一定要回來喔！」

是張伯伯興奮的叫聲。

12

流落人間
的綠蟎龜

二月的臺北，好冷！

小舅帶我們到中正紀念堂旁的國家劇院，欣賞加拿大芭蕾舞蹈團的演出。

曾經，在電影中看到歐美貴族們，優雅的坐在包廂中欣賞歌劇，或是聆聽音樂，以為那只是一個不可能在現實生活中實現的夢想。而在國中當老師的小舅，竟然讓我們也有機會坐在豪華富麗的劇院中，欣賞國際水準的芭蕾舞演出，彷彿自己就置身在歐美的電影畫面中。

我們的座位在二樓，緊靠著貴賓席，由上向下望，有著極佳的視野，舞臺上的大小美麗動作，盡入眼底。

　　每一支舞，都有不同的故事背景，或是特定要表達的意思。舞者在柔和的燈光下旋轉、跳躍、踮腳……一切顯得如此優雅，好像處在外太空的狀態下，絲毫不受地心引力的影響。

　　我看得呆住了！

　　走出純中國式造型的國家劇院，我不禁歡喜讚嘆：

　　「真是無懈可擊的表演。」

　　「回到臺北真好！藝術活動頻繁，走在路上，

覺得自己都有氣質起來了。」媽媽十分興奮。

「你是承認自己以前沒氣質囉？」爸爸也笑著。

「本來有的，結婚後離開臺北，被你們這一老一小折騰成黃臉婆，哪來的氣質？」

「大姊，你們乾脆搬回臺北來，生活上也有個照應。」沉默在一旁的小舅突然說。

「這──，還得和你姊夫從長計議。」媽媽望了望爸爸。

「臺北工作機會多，以姊夫的學經歷和背景條件，應該可以找到不錯的工作。」

「問題不在這兒。」媽媽欲言又止。

「是我想到外島幾年，嘗試不同的生活方式，都市緊張忙碌的生活，讓我疲倦了。」爸說。

「哦？」小舅訝異的看著爸爸，好一會兒才聳聳肩對媽媽說：

「有空多給媽打電話，她成天念著你，說你一個手無縛雞之力的大小姐，到澎湖去怎麼和當地那些包得密不通風，只剩下一雙眼睛的農婦比，遲早要餓死的。」

「哈哈！」我和爸爸聽了忍不住的笑出來。

在家講起話來理直氣壯，自己一人能推動房間大衣櫥的媽媽，在外婆眼中竟是個「手無縛雞之力」的大小姐？

小舅在國中教的是生物，對動物特別感興趣。一天早上，他拿了一包牛皮紙袋的剪報出來，問：

「望安的綠蠵龜很有名，有沒有看過？」

「有！爸媽三更半夜帶我去看綠蠵龜產卵。」我興奮的回答小舅，一口氣把望安島上的故事，全都告訴他。當然，裡面少不了阿斌。

「你是幸福的。現在臺灣有幾個孩子能看到綠蠵龜？看來你爸的決定是對的，我希望將來結婚後，也能有勇氣帶我的孩子遠離城市，過幾年純樸的鄉下生活。」小舅的眼神表現出無限的憧憬。接著，把手中的紙袋放到我手裡說：

「這些是我前陣子收集的綠蠵龜資料，送給你。」

我接過紙袋，就坐在沙發上看起資料來。

資料上說，綠蠵龜是性情溫和而羞怯的小動物，體重可達一百公斤，身體雖大，膽子卻小，通常利用夜晚海水最滿潮時上岸產卵，母龜在未產卵前，很容易受到外界的干擾，而停止產卵行為……

看著看著，我想起了阿斌，他那句：「我怕。」及每次嘴唇顫動許久，才吐出話語的樣子。還有，那夜看完海龜產卵，他能像正常人一樣對我

163

說話，平時白天，卻好像喪失說話能力的小孩……愈回想起有關阿斌不同於常人的地方，愈覺得阿斌就像一隻綠蠵龜，一隻流落人間的綠蠵龜。

如果能夠，我多麼希望自己可以幫助阿斌！

當春節的新聞報導，繞著臺灣陸、海、空大塞車的交通窘境打轉時，我們早已回到望安，享受我們寧靜的新年時光。

「這叫做『逆勢操作』。」

每回爸爸看到報紙上高速公路大塞車、機場候補旅客大排長龍的照片，總要得意洋洋地向媽媽誇耀一番自己的先見之明。

媽媽聽了也是點頭附和。我倒覺得，沒去過遊樂區人擠人，沒在高速公路上塞幾個小時，冷冷清清在家裡休息，真有點不像在過新年哩！

元宵節當天，冬季一星期只開一次的遊艇正好行駛，張伯伯帶我們兩家人到馬公乞龜。

乞龜的地點是被列為一級古蹟的天后宮。聽張伯伯說，澎湖的天后宮超過四百年的歷史，是臺灣最古老的一座媽祖廟。也許是因為經過四次的修建，所以，媽祖廟給人一種並不破舊的感覺。

廟裡人山人海，十分熱鬧，一隻六萬臺斤的大米龜，就躺在廟門內，龜頭雄赳赳的昂立著，比人還高。

「我最想乞到這隻龜回家。」張伯伯手撫著龜脖子外面纏繞的透明膠帶，仰望龜頭，無限神往。

但是他擲了幾次筊杯，手氣就是不好，沒能如願。倒是我隨意玩玩，卻乞到一隻十臺斤的小米龜。張伯伯說，乞得米龜回家可以保平安、生意旺，爸媽聽了都很高興。但是，乞到龜的人第二年要還願。

「當然，那是應該的。」媽媽連聲回答。

對著那隻乞到的小米龜，我偷偷告訴它：

「希望阿斌趕快恢復正常，多對我說些話。」

也許神龜真的有聽到我的願望吧！我一抬頭，正好看到站在六萬臺斤大米龜旁的阿斌，遠遠的看著我笑。

坐遊艇回望安的路上，望著船外湛藍的海水，被遊艇濺起一陣陣白色的浪花，我想起一則則張伯伯、邱老師告訴我的，已流傳久遠的海龜救人的故事。海龜是仁慈的，而人是貪心的。貪心的人類，讓海龜瀕臨絕種，只剩下一隻隻米龜，趴在廟裡供人乞願。

船過水無痕。海水裡的綠蠵龜，能一直延續命脈嗎？阿斌呢？我有能力幫他勇敢的面對這世界嗎？

13

我愛
綠蠵龜

六年級下學期很快就過去了。

我領到縣長獎回家的那天，爸爸媽媽爆發了一次嚴重的爭執。

「阿敏已經畢業了，我們應該回臺灣去。」媽說。

「在望安念國中也一樣啊！何苦搬來搬去。」爸說。

「都市裡文化刺激多，對孩子日後的發展比較好。」

「這裡的刺激也不少，只要我們用心教孩子，孩子在哪兒念書並不是最重要。」

「怎麼不重要？以後他還要考高中、大學，讀

這鄉下學校，將來怎麼和都市學校的學生競爭？」

「孩子自愛最重要，寶石就是寶石，在珠寶店是價值連城的鑽石，到了餐桌上絕對不會變成一粒米。」

「寶石也得靠優秀的工匠琢磨，才能綻放出美麗的光彩。」媽媽堅持自己的看法。

「優秀的工匠一定在都市裡嗎？鄉下學校也有好老師。你看阿敏這一年半來，不是過得比當初在高雄時還快活嗎？並不是每個孩子都適合在大都市裡生存。」爸爸看媽媽不再說話，便接著說：

「你看，村尾林家的兒子還不是考上國立大學。」

「到底是少呀！」媽媽仍不放棄自己的意見。

「別太緊張，孩子還小，等他再大一些，會有自己的主張，到時，讓他自己決定。」爸爸走進房，結

束了這場論辯，卻把這令人頭大的問題丟給我。

「阿敏，你想不想回高雄或是到臺北念國中？」媽媽靠近我坐下來問。

「我不知道。」我茫然的回答媽媽。

在我準備實現寒假前的諾言，回高雄陪伴祖母一個月時，以前在高雄念書時的好朋友阿聰卻來了。

阿聰跟著他的爸媽一同到澎湖玩，順便到望安來找我。

「阿敏！你變了，變得又黑又壯，哇塞！真不是蓋的，比我還高哩。」阿聰一見面，就猛拍我的手臂，說完，還用右手在額前對著我比。

「真的，好像比你高一些。」我說。

「想當初，我還坐你後面二列咧，告訴我，你有什麼祕訣，傳授一下。」阿聰依然愛開玩笑。

「每天走路半小時去上學就成了。」

「啊？」阿聰做了一個往後仰倒的姿勢，大叫：「饒了我吧！」

我們在一旁都笑歪了。

暑假是旅遊旺季，爸媽分不開身送我回高雄，我正好跟著阿聰爸媽回去。

出發前一天，我到阿斌家，告訴他我要到高雄去了，阿斌呆呆的望著我，不出聲，也不像平時那樣微笑。

「你是知道的，我奶奶一直希望我能回去陪她一陣子……還有，以前那些同學，好久沒見面了，我也想去找他們玩……，如果，你想念我的話，可以寫信給我，我會打電話給你的。這是我祖母家的住址，你收好。」我語無倫次，想到什麼就講什麼，隨手拿張白紙，抄下祖母的住址，遞給阿斌。

阿斌看了看手中的白紙，把它慎重的夾在本子裡，收進抽屜去。接著，打開另一個抽屜，在一疊圖畫中，挑選出一張圖來，交到我手中。我低頭看圖畫，畫的是一群稚龜奔赴大海的畫面，阿斌很細心，把背景都塗滿了黑色，唯有海天交接的地方，留下一些的白光，稚龜朝著黑暗中的一丁點兒光明，賣力前進。

　　「送給我？」我問。

　　「嗯！」阿斌點點頭。

　　我很感動，這是我們認識一年半來，阿斌第一次送我東西。

　　走出阿斌家時，天已全黑，我突然想到忘了一件事，回過頭，見到阿斌倚著門看我，我說：

　　「我八月初就回望安來，我們一起去國中新生訓練。」

阿斌聽了，立刻露齒微笑，朝我揮揮手。他的笑，好像一盞路燈，讓我在黑暗中不必摸索，輕而易舉就可以回到溫暖的家。

下午四點多，臺華輪離開馬公港時，天空一片碧藍，萬里無雲。

阿聰和他的爸媽看錄影帶，哈哈笑個不停，我試了幾次，想要和他們一起同樂，就是無法融入劇情中，享受開懷大笑的樂趣。覺得有些無聊，不知不覺就昏昏睡去。

睡夢中醒來，外面天色全暗，看電視的人依然看得忘我大笑，只不過小螢幕裡的人物妝扮，由現代回到了古代。

船艙悶熱，我走到艙外，一陣冷風撲面而來，原來下雨了。雨水被風吹成倒垂的珠簾，懸掛在

艙外的船簷上。這是什麼地方？我扶著走道的矮牆，探頭往大船前進的方向看去，冷不防一陣風雨拍打，溼了我的臉，嚇得我往後倒退兩步。船頭在黑暗的風雨中，孤獨前進，放眼望去，除了靠近船身的雨簾被燈光映照成白色外，其餘的地方一片漆黑，風浪聲在耳邊一直迴蕩著，不禁讓人虛脫無力。

我看了腕錶，七點半了。地圖上狹小的澎湖水道，一不小心被滴上幾滴水，一暈開都要浸透臺灣來，留下水漬。臺華輪航行了三個小時，卻還看不到岸邊，仍在黑暗中摸索前進。

我突然深深覺悟到，人是多麼渺小啊！船底下的大海，如此深沉不可測知。風浪的底下，洄游了多少的海龜？於是，我又想起了望安一帶流傳的海龜救人的故事。海龜救人，人卻撿食海龜蛋，破壞了海龜傳

宗接代的使命，最後倒楣的，可能還是人吧！

　　阿斌送我的「稚龜赴海圖」，一直在我腦海裡出現，依賴海面的光線導引，游回大海，才有機會長成大龜，活上百年。那麼，和綠蠵龜一樣害羞、固執的阿斌呢？他就像一隻滯留在沙灘上的小綠蠵龜，等待著正確的光源，指引他回到屬於他的大海去。誰能給他正確的光源呢？寒假阿斌在望安機場的一句話，在我耳邊響起：

　　「阿敏，你要回來。」

　　船艙的門「伊歪」被打開，我回過頭去，是阿聰走出來。

　　「不看電視？」我問。

　　「演完了，發現你不在座位上，爸爸要我出來找你進去。」

　　「……」我仍不想移動腳步進艙裡。

「阿敏！」阿聰看著我說：

「我覺得你好像比以前安靜，思考的時間比說話的時間多。」

「人都會變的，我長大了一些嘛。」我笑笑。

「你——你要回高雄，和我一起念國中吧？」阿聰又遲疑又期待的問著我、看著我。

我慎重的想了想，鄭重的搖頭。

「為什麼？」阿聰很驚訝。

「因為，我愛綠蠵龜！」

「因為你愛綠蠵龜，所以你不回高雄讀國中？」阿聰更驚訝了。

是的！因為我愛綠蠵龜，我要留在望安！

學習單

康軒企劃

我愛大海

你曾經做過拼貼畫嗎？拼貼畫好玩嗎？請收集身邊的紙材(例如：色紙、書面紙、報紙、廣告單、或是回收紙等)，用膠水拼貼在下面的框框裡，題目為：「我愛大海」。你可以利用這些紙類的色彩，採大塊面拼接或是小紙片集合拼貼的方式，完成你的小小創作。作品完成之後，請回答後面的問題！

 你滿意自己的創作嗎？覺得作品最有特色的地方在哪裡？

_____

_____

_____

 請用50個字來介紹你的作品內容。

_____

_____

_____

_____

_____

_____

_____

187

菊島的夏天

臺灣是個四面環海的國度，除了臺灣本島以外，還有「金門」、「馬祖」、「澎湖」等離島。聰明的小朋友們，請問你們知道它們的位置各是在哪裡嗎？請幫我們在下列的臺灣地圖上標示出來喔！

也請你們順便上網查一下那些離島的特產各是什麼呢？

地名 ⬭

特產 ⬭

⬭

⬭

地名 ⬭

特產 ⬭

⬭

⬭

地名 ⬭

特產 ⬭

⬭

⬭

臺
灣
海
峽

臺
灣

綠蠵龜一生都在大海生活，包括覓食、睡眠、成長等行為。但牠在生殖上卻有一個特性，就是必須回到陸地產卵，因此有些海龜為了繁殖下一代，必須千里迢迢，回到自己出生的沙灘產卵。下面這張圖裡面，隱藏了很多隻綠蠵龜喔！請你們當當福爾摩斯，把牠們都找出來吧！

☆更多綠蠵龜的知識可以到澎湖國家風景區網站上搜尋喔！（http://www.penghu-nsa.gov.tw）

認識新朋友

聰明、敏感、愛講話的阿敏，跟著爸媽搬到了澎湖，認
識了沈默、害羞只愛綠蠵龜的阿斌……。

小朋友你是否也曾經有過這種認識新朋友的經驗呢？請
跟大家介紹一位你最近認識的新朋友吧！

 我的新朋友叫做……

_____

_____

 我跟他認識的原因是……

_____

_____

 我們兩個麻吉的表現有……

_____

_____

192

請比較阿敏和阿斌兩人相異處：

	父母對他們的看法	老師對他們的看法(評語)	從故事中你認為他們的個性如何
阿敏			
阿斌			

*你覺得阿敏和阿斌誰比較優秀？為什麼？＿＿＿＿＿

＿＿＿＿＿＿＿＿＿＿＿＿＿＿＿＿＿＿＿

*這樣的判斷公正嗎？＿＿＿＿＿＿＿＿＿

*功課不好是否就代表一無是處？＿＿＿＿

*判斷一個人的好壞要用什麼樣的標準？＿＿＿

＿＿＿＿＿＿＿＿＿＿＿＿＿＿＿＿＿＿＿

＿＿＿＿＿＿＿＿＿＿＿＿＿＿＿＿＿＿＿

超級比一比

🌸 請比較阿敏一家人在臺灣和望安生活的差異？

		工作	心情
爸爸	臺灣		
	望安		
媽媽	臺灣		
	望安		
阿敏	臺灣		
	望安		

❋ 換你想想看 ❋

❋ 你認為阿敏的阿嬤和媽媽希望阿敏回臺灣讀書
的原因是什麼？

_____

_____

_____

❋ 如果你是澎湖人，你會如何說服阿敏的阿嬤和
媽媽，讓阿敏留在澎湖讀書？

_____

_____

_____

❋ 你是不是曾經遇過難以抉擇的事？你是以何種
標準作抉擇？

_____

_____

_____

觀察與寫作

 科學家觀察動物的行為，文學家也觀察動物的行為。下列有三種寫動物行為的方法：1、純科學的描寫，是以說明文的形式。2、把對動物的觀察寫成記敘文的形式。3、寫人或動物的故事，故事中對動物的行為有詳細的描述。請回答下列問題：

*請問寫書的人是不是科學家？怎麼知道的？

*寫下科學家的寫法和文學家的寫法有何不同？

*如果你要描寫人或動物的行為，你會怎麼描寫？

日常生活中每個人都會煩惱，只是煩惱不同，處理的方式也不同，請回答下列問題：

＊你的煩惱是什麼？

＊你為什麼會有這個煩惱？

＊你試了什麼方法去處理？

＊你的煩惱是自作自受的，還是由別人帶來的？

＊假如重新再來一次，你會不會有不同的做法？

我的願望

如果你是澎湖人，你會怎麼來保護故鄉的生態呢？

＊首先我會

　

　

　

＊再來我還要

　

　

　

＊保護生態的重點

我愛綠蠵龜

阿敏跟著爸媽由從高雄搬到澎湖，認識了只愛綠蠵龜的
阿斌。看完本書後，相信澎湖的美已經讓你印象深刻！
現在請你幫澎湖的綠蠵龜設計一件人都愛又獨特的周邊
商品 —— T 恤，畫畫看吧！

九歌故事館 02

我愛綠蠵龜

著　　者：姜子安
繪　　者：陳祥元
責任編輯：胡琬瑜
美術編輯：陳雅萍
發 行 所：九歌出版社有限公司
社　　址：臺北市八德路三段12巷57弄40號
電　　話：02-2577-6564
傳　　真：02-2578-9205
郵政劃撥：0112295-1
九歌文學網：www.chiuko.com.tw
印 刷 所：晨捷印製股份有限公司
法律顧問：龍躍天律師・蕭雄淋律師・董安丹律師
初　　版：1998（民國87）年7月10日
重排初版：2008（民國97）年7月10日
重排初版5印：2013（民國102）年11月

定價：240元

ISBN：978-957-444-516-5　　Printed in Taiwan
書號：0174002
（缺頁、破損或裝訂錯誤，請寄回本公司更換）

國家圖書館出版品預行編目資料

我愛綠蠵龜 / 姜子安著，陳祥元圖
--重排初版. - 臺北市：九歌，民97.07
面；　公分.--（九歌故事館；2）
ISBN：978-957-444-516-5

859.6　　　　　　　　　　　97010236